Yann Martel

Die Hintergründe zu den Helsinki-Roccamatios

Aus dem Englischen von
Manfred Allié

S. Fischer

Die Originalausgabe wurde 1993 unter dem Titel »The Facts Behind The Helsinki Roccamatios« bei Alfred A. Knopf Canada veröffentlicht. Die drei ersten Geschichten erschienen zuvor leicht verändert in *The Malakat Review*, die vierte in *STORY*.

1994 wurde das Buch unter dem Titel »Aller Irrsinn dieses Seins« im Verlag Volk & Welt, Berlin auf deutsch vorgelegt.

Für die vorliegende Neuübersetzung wurden alle Texte vom Autor durchgesehen.

Satz: H & G Herstellung, Hamburg
Druck und Bindung: GGP Media GmbH, Pößneck
Printed in Germany
3-10-047826-6

Vorbemerkung

Im zweiten Universitätsjahr, mit neunzehn, steckte ich mit meinem Studium in der Sackgasse. Der Vorhang zum Erwachsenenleben hatte sich gehoben, ich bestaunte die Aussicht, die ungeahnten Freiheiten, aber ich wusste nicht, was ich mit diesen Freiheiten anfangen sollte. Ich hatte geglaubt, ein akademischer Abschluss – Bachelor, Magister, ein Doktortitel – sei eine Art Geländer, an dem ich mich festhalten könnte, wenn ich die Stufen der Karriereleiter erklomm. Aber nun saß ich da und starrte auf die Buchseiten, Immanuel Kant, und verstand kein Wort, ich fiel bei zwei Prüfungen durch und sah meinem Geländer nach, wie es in den Abgrund stürzte. Der Blick der Leiter ließ mich schwindeln.

Diese jugendliche Existenzkrise war der Anstoß zu meinem ersten literarischen Versuch, einem Einakter, den ich binnen drei Tagen schrieb. Er handelte von einem jungen Mann, der sich in eine Tür verliebt. Als ein Freund hinter sein Geheimnis kommt, zerstört er die Tür. Danach nimmt unser Held sich prompt das Leben. Es war ohne Zweifel ein entsetzliches Stück, ein Werk von himmelschreiender Unreife. Und doch war mir, als hätte ich eine Violine gefunden, als hätte ich den Bogen angesetzt und den ersten Ton hervorgebracht. Das Geräusch, das ich produzierte, mochte grauenhaft sein – aber was für ein wunderschönes Instrument! Es faszinierte mich, dass ich mir eine Szenerie ausdenken konnte, sie mit Charakteren bevölkern, Dialoge für sie schreiben, dass ich sie durch die Handlung führte und mit alldem anderen vermittelte, wie ich die Welt sah. Zum ersten Mal hatte ich eine Aufgabe, die mich so sehr reizte, dass ich all meine Energie hineinsteckte.

Also schrieb ich weiter. Noch ein Stück – einen Pastiche auf das absurde Theater, grässlich –, bevor ich mich auf Prosa verlegte. Ich schrieb Kurzgeschichten – allesamt schlecht –, dann einen Roman – auch nicht besser – und weitere Geschichten – keine davon gelungen. Um das Bild von der Violine weiterzuführen, jetzt kam die Zeit, wo ich meine Nachbarn mit meinem jämmerlichen Spiel zur Verzweiflung brachte. Aber es hatte mich gepackt. Nicht dass ich mir eine große Zukunft ausgemalt hätte; sich diese Kritzeleien als Bücher in den Buchhandlungen vorzustellen war vermessen. Zwar hatte ich nie das Gefühl, dass ich beim Schreiben meine Zeit vergeudete – dazu war es zu aufregend –, aber ich erwartete auch nicht, dass ich mir damit eine Existenz aufbauen könnte. Um ehrlich zu sein, dachte ich über solche Dinge überhaupt nicht nach, ich tat es einfach im Rausch, wie Paganini (nur ohne das Talent).

Aber nach und nach, mit der Übung, wurde ich besser. Von Zeit zu Zeit traf ich auch einmal eine wohlklingende Note. Ich kam dahinter, dass die Grundlage jeder guten Geschichte die Emotion sein muss. Wenn eine Geschichte auf der Gefühlsebene nicht wirkt, dann wirkt sie überhaupt nicht. Um welches Gefühl es sich dabei handelt, ist nebensächlich; es kann Liebe, Neid, sogar Teilnahmslosigkeit sein, solange es nur überzeugend vermittelt wird – dann erwacht die Geschichte zum Leben. Eine Geschichte muss aber auch den Verstand anregen, sonst bleibt sie nicht im Gedächtnis. Ein Intellekt, der in der Emotion gründet, eine

Emotion, vom Intellekt vermittelt – mit anderen Worten, eine *gute Idee*, die zugleich *rührt* –, das war mein hehres Ziel. Wenn mir eine solche zündende Idee kam, wenn der Funken der Inspiration die Ideen auflodern ließ wie ein Freudenfeuer, dann packte mich eine Begeisterung, wie ich sie noch nie im Leben gespürt hatte.

Ich ließ mich von allem und jedem inspirieren. Bücher. Die Zeitung. Filme. Das tägliche Leben. Leute, die mir begegneten. Erinnerungen und Erfahrungen. Und auch aus jenem geheimnisvollen schöpferischen Äther, aus dem Ideen ganz unvermittelt in meinem Kopf auftauchten. Ich versetzte mich einfach in Empfangsbereitschaft für Geschichten. Ich sperrte Augen und Ohren auf. Ich blickte nach außen, nicht nach innen; das Innen langweilte mich. Ich recherchierte mit Begeisterung. Recherche, das war meine Art zu lernen, meine ganz private Universität. Nichts machte mir mehr Spaß, als die Welt für eine Geschichte zu erforschen.

Ich lebte weiterhin bei meinen Eltern. Genauer gesagt lebte ich *von* meinen Eltern. Ich zahlte keine Miete, ich aß an ihrem Tisch. Ich nahm Gelegenheitsarbeiten an – Gärtner, Tellerwäscher, Nachtwächter –, aber nie etwas, das mir beim Schreiben im Wege gewesen wäre. Dass ich nichts tat, womit ich nach allgemeinen Maßstäben meinen Lebensunterhalt verdienen konnte, machte mir nichts aus (und, dem Himmel sei Dank, auch meinen Eltern nicht: Jeder Künstler braucht Mäzene), denn ich war immer mit einem Projekt beschäftigt, zum Beispiel der Arbeit an einer langen Erzählung – man könnte sie sogar eine Novelle nennen –, nämlich »Helsinki«. Den Anstoß hatte der Tod eines Freundes gegeben, der an AIDS gestorben war. Der Titel war sperrig, die Logik kurios, die Entwicklung verworren. Aber es steckte Leben in ihr, die Art von Leben, die in einem neugeborenen Kind steckt, in einem jubilierenden Violinsolo – die Art, die alles neu und aufregend und der Mühe wert macht. Wo ein solches Leben in meinen Händen strampelte, wie konnte ich mir da Gedanken um ein Bett oder die Rente machen?

Ich bot meine Geschichten an. Einmal schickte ich sechzehn verschiedene an sechzehn Literaturzeitschriften. Ich erhielt sechzehn Absagen. Ein anderes Mal waren es neunzehn Geschichten und neunzehn Zeitschriften. Zwei wurden genommen. Das ist eine Erfolgsquote von 5,7 Prozent. Nicht sehr ermutigend. Aber ich würde mit dem Schreiben weitermachen, bis sich etwas anderes ergab. Es ergab sich nie etwas anderes, bis heute nicht – und ich bin froh darüber.

Die vier Erzählungen dieses Bandes sind die besten meiner frühen Jahre. Sie haben sich wacker gehalten. Ich bekam einige Preise dafür. »Helsinki« wurde für Bühne und Fernsehen bearbeitet, auch nach »Arten zu sterben« entstanden ein Fernsehspiel und zwei Bühnenversionen. Die Sammlung erschien 1993 in Kanada und danach in sechs weiteren Ländern. Jetzt klopften die Nachbarn nicht mehr an die Wand, sondern riefen stattdessen Bravo. Das machte mich stolz, und dafür war ich dankbar und bin es bis heute.

Ich freue mich, dass diese Erzählungen nun, zehn Jahre später, noch einmal herauskommen. Ich habe sie ein wenig überarbeitet, dem jugendlichen Drang zum Überschwang sind Zügel angelegt, die eine oder andere Ungeschicklichkeit der Formulierung ist, hoffe ich, ausgebügelt. Gewiss habe ich andere Geschichten zu erzählen, aber diese vier sind es, die mich immer an die Begeisterung der frühen Jahre erinnern werden, die Atemlosigkeit der Weltpremiere.

Die Hintergründe zu den Helsinki-Roccamatios

pour J. G.

Allzu lange hatte ich Paul nicht gekannt. Wir lernten uns im Herbst 1986 an der Ellis-Universität in Roetown, im Osten Torontos, kennen. Ich trieb meine Studien nur halbherzig, hatte mir Arbeit gesucht und war nach Indien gereist. Ich war dreiundzwanzig, im letzten Universitätsjahr. Paul war gerade neunzehn geworden und fing eben erst an. Am Anfang eines Studienjahres machen die älteren Jahrgänge von Ellis die Neuankömmlinge mit den Einrichtungen und dem akademischen Leben vertraut. Keine Scherze, keine Gemeinheiten; die Älteren sollen den Jüngeren helfen. Sie heißen »Amigos«, die Neuankömmlinge »Amigatos«, was schon zeigt, wie es mit den Spanischkenntnissen in Roetown bestellt ist. Ich war Amigo, und die meisten meiner Amigatos kamen mir munter, eifrig und jung vor – sehr jung. Aber vom ersten Augenblick an mochte ich Pauls aufmerksame Art, seine entspannte Intelligenz, seinen Hang zur Skepsis. Wir verstanden uns auf Anhieb und hockten immer zusammen. Da ich älter war und schon mehr erlebt hatte, sprach ich oft mit der Autorität eines Gurus, und Paul lauschte wie ein gelehriger Schüler – außer wenn er eine Augenbraue hob oder mir mit einer ironischen Bemerkung zu verstehen gab, wie lächerlich ich wirkte. Dann lachten wir beide, schlüpften aus unseren Rollen und wussten, was wir waren: wirklich gute Freunde.

Dann, zu Anfang des zweiten Trimesters, wurde Paul krank. Schon zu Weihnachten hatte er Fieber gehabt, und seitdem plagte ihn ein trockener Reizhusten. Anfangs machte er sich – machten wir uns – überhaupt keine Gedanken darüber. Die Kälte, die trockene Luft – sicher kam es daher.

Allmählich wurde es schlimmer. Heute fallen mir Symptome ein, bei denen ich mir damals nichts gedacht habe. Mahlzeiten, die er stehen ließ. Klagen über Durchfall. Eine Kraftlosigkeit, die sich nicht allein mit phlegmatischem Temperament erklären ließ. Eines Tages gingen wir die Treppe zur Bibliothek hinauf, höchstens fünfundzwanzig Stufen, und oben blieben wir stehen. Mir ging auf, dass wir nur deswegen stehen geblieben waren, weil Paul außer Atem war und sich ausruhen wollte. Ich hatte auch den Eindruck, dass er abnahm. Es war schwer zu sagen, bei den dicken Winterpullovern, aber ich war mir sicher, dass er Anfang des Jahres fülliger gewirkt hatte. Als offensichtlich war, dass etwas nicht stimmte, redeten wir darüber – natürlich ganz beiläufig –, und ich spielte den Arzt und sagte: »Was haben wir . . . Atemnot, Husten, Gewichtsverlust, Erschöpfung. Paul, du hast eine Lungenentzündung.« Das war nur so dahingesagt, aber es stellte sich heraus, dass meine Diagnose ins Schwarze traf. PCP nennen es die Eingeweihten, *Pneumocystis carinii*-Pneumonie. Mitte Februar ging Paul nach Toronto und konsultierte seinen Hausarzt.

Neun Monate später war er tot.

AIDS. Er sagte es mir am Telefon, mit tonloser Stimme. Ich hatte fast zwei Wochen nichts von ihm gehört. Er sei gerade aus dem Krankenhaus zurück, erzählte er. Mein erster Gedanke galt mir selbst. Hatte ich mich jemals in seiner Gegenwart verletzt? Wenn ja, unter welchen Umständen? Hatte ich je aus seinem Glas getrunken? Von einem Teller mit ihm gegessen? Ich überlegte, ob es je einen Punkt gegeben hatte, an dem sein und mein Blut miteinander in Berührung gekommen waren. Dann dachte ich an ihn. Ich dachte an schwulen Sex und harte Drogen. Aber Paul war nicht schwul. Wir hatten zwar nie direkt darüber gesprochen, aber ich kannte ihn gut genug und hatte nicht die kleinste Zweideutigkeit entdeckt. Und auch als Heroinsüchtigen konnte ich ihn mir nicht vorstellen. Aber das war auch nicht die Erklärung. Drei Jahre zuvor, mit sechzehn, war er mit seinen Eltern zum Weihnachtsurlaub auf Jamaika gewesen. Sie hatten einen Autounfall gehabt, Paul hatte sich das rechte Bein gebrochen und recht viel Blut verloren. Im Hospital vor Ort hatte er eine Bluttransfusion bekommen. Sechs Unfallzeugen hatten angeboten zu spenden. Drei hatten die richtige Blutgruppe. Einige Telefonate und ein paar Nachforschungen ergaben, dass einer von den dreien vor zwei Jahren unerwartet gestorben war. Er war wegen Lungenentzündung in Behandlung gewesen. Die Autopsie ergab, dass er an schwerer zerebraler Toxoplasmose gelitten hatte. Eine verdächtige Kombination.

Am Wochenende besuchte ich Paul in seinem Elternhaus im reichen Rosedale. Ich fuhr nicht gern; am liebsten hätte ich die ganze Sache verdrängt. Ich fragte – das war mein Vorwand –, ob es seinen Eltern denn nicht zu viel würde, wenn auch noch ein Besucher käme. Er bestand darauf. Also fuhr ich hin. Ich riss mich zusammen. Ich fuhr nach Toronto. Und die Stimmung der Eltern hatte ich ganz richtig eingeschätzt. Denn was mich an jenem ersten Wochenende am meisten schmerzte, das war nicht Paul, das waren seine Eltern.

Als er erfuhr, auf welchem Wege Paul sich aller Wahrscheinlichkeit nach infiziert hatte, hatte sein Vater Jack den ganzen Rest des Tages kein Wort gesprochen. Früh am nächsten Morgen holte er den Werkzeugkasten aus dem Keller, zog seinen Winterparka über die Hausjacke, ging hinaus in die Einfahrt und demolierte seinen Wagen. Weil er bei dem Unfall auf Jamaika am Steuer gesessen hatte – obwohl er keine Schuld gehabt hatte und es ein Leihwagen gewesen war, nicht dieses Auto. Mit dem Hammer schlug er sämtliche Lampen und Fenster ein. Er zerkratzte und zerbeulte die gesamte Karosserie. Er schlug Nägel in die Reifen. Er ließ das Benzin aus dem Tank ab, goss es über den Wagen und über die Polster und zündete sie an. Die Nachbarn riefen die Feuerwehr. Im Handumdrehen war sie da und löschte den Brand. Die Polizei kam. Als er schluchzend erklärte, warum er es getan habe, waren alle sehr verständnisvoll, und die Polizisten nahmen nicht einmal ein Protokoll auf. Sie fragten nur, ob sie ihn ins Krankenhaus bringen sollten, aber er lehnte ab. Das war das Erste, was ich sah, als ich zu dem großen Eckhaus kam: das ausgebrannte Wrack eines Mercedes, überzogen mit verkrustetem Schaum.

Jack war ein erfolgreicher Geschäftsanwalt. Als Paul mich mit ihm bekannt machte, grinste er, schüttelte mir kräftig die Hand und sagte: »Schön Sie zu sehen!« Aber dann wusste er anscheinend nicht mehr, was sonst noch zu sagen war. Er wurde rot. Pauls Mutter Mary war im Schlafzimmer. Ich hatte sie schon Anfang des Jahres kennen gelernt. Als junge Frau hatte sie an der McGill-Universität einen Magistertitel in Anthropologie erworben, sie hatte es als Amateur-Tennisspielerin zu Erfolg gebracht, und sie war viel gereist. Jetzt arbeitete sie halbtags für eine Menschenrechtsorganisation. Paul war stolz auf seine Mutter und verstand sich sehr gut mit ihr. Sie war eine kluge, energische Frau. Doch nun lag sie auf dem Bett, ein zusammengekrümmter Fötus, schlaff wie ein Ballon, der seine Luft verloren hat. Alles Leben, alle Kraft war aus ihr gewichen.

Paul blieb neben dem Bett stehen und sagte nur: »Meine Mutter.« Sie regte sich kaum. Ich wusste nicht, was ich tun sollte. Pauls Schwester Jennifer, Soziologiestudentin an der Universität von Toronto, sah man die Verstörung am meisten an. Ihre Augen waren rot, das Gesicht verquollen – sie sah schrecklich aus. Und ich will keine Witze machen, aber selbst George H., der Labrador, war krank vor Kummer. Er hatte sich unter das Sofa verkrochen, war durch nichts hervorzulocken und winselte nur leise vor sich hin.

Das Urteil war am Mittwochmorgen gekommen, und seither (inzwischen war Freitag) hatte keiner von ihnen, auch George H. nicht, einen Bissen zu sich genommen. Pauls Eltern waren nicht zur Arbeit gegangen, Jennifer nicht zur Uni. Wenn sie überhaupt schliefen, dann schliefen sie, wo sie gerade waren. Einmal fand ich am Morgen Pauls Vater schlafend auf dem Wohnzimmerboden, voll bekleidet und in den Perserteppich gewickelt, eine Hand zu dem Hund unter dem Sofa ausgestreckt. Wenn nicht gerade hektische Telefonate geführt wurden, war das ganze Haus still.

Und im Mittelpunkt von alldem stand teilnahmslos Paul. Es kam mir vor wie ein Begräbnis, wo alle Angehörigen tief von Schmerz und Gram gezeichnet sind, und er war der Beerdigungsunternehmer, der mit der Ruhe des Profis und einem vagen Gefühl der Anteilnahme dabeisitzt. Erst am dritten Tag meines Besuches begann er allmählich zu reagieren. Aber noch konnte der Tod sich nicht verständlich machen. Paul wusste, dass etwas Entsetzliches mit ihm geschah, aber er konnte es nicht begreifen. Er konnte den Tod nicht fassen. Er war zu theoretisch, zu abstrakt. Er sprach von seiner Krankheit, als seien es Nachrichten aus einem fernen Land. Er sagte »Ich werde sterben« im gleichen Tonfall, in dem er auch hätte sagen können: »Es gab ein Fährunglück in Bangladesch.«

Ich hatte eigentlich nur übers Wochenende bleiben wollen – der Unibetrieb ging weiter –, aber am Ende blieb ich zehn Tage. Ich habe eine Menge Haushaltsarbeit erledigt, ich habe gekocht. Die Familie bemerkte es kaum, aber das kränkte mich nicht. Paul half, und dass er etwas zu tun hatte, tat ihm gut. Wir ließen den Wagen abholen, wir ersetzten ein Telefon, das Pauls Vater zerschlagen hatte, wir putzten das ganze Haus, bis es blitzte vom Dachboden bis zum Keller, wir badeten George H. (der so hieß, weil Paul ein großer Beatles-Fan war; in jüngeren Jahren hatte er bei seinen Spaziergängen mit George H. gern vor sich hingesagt: »Unerkannt, völlig inkognito, streifen Beatle Paul und Beatle George in diesem Augenblick durch die Straßen von Toronto« und hatte sich ausgemalt, wie es wohl wäre, im Shea-Stadion zu stehen und »Help!« zu singen und dergleichen mehr), und wir kauften ein und drängten die Familie, etwas zu essen. Ich spreche von »wir«, ich sage »Paul half« – aber eigentlich tat ich alles allein, und er saß auf einem Stuhl dabei. Medikamente, Dapson und Trimethoprim, halfen Paul gegen die Lungenentzündung, aber er war noch immer sehr schwach und kurzatmig. Er schlurfte durchs Haus wie ein alter Mann, sich jeder Bewegung und der Anstrengung bewusst.

Die Familie brauchte eine Weile, bis sie aus diesem Schockzustand herauskam. Während Pauls Krankheit konnte ich drei Stadien ausmachen, die sie durchliefen. Die erste Phase verbrachten sie gemeinsam im Haus, wo der Schmerz mit Händen zu greifen war. Jeder ging seiner eigenen Wege: Pauls Vater zerschlug etwas möglichst Großes und Stabiles, einen Tisch etwa oder ein Küchengerät, Pauls Mutter lag teilnahmslos auf dem Bett, Jennifer weinte in ihrem Zimmer und George H. verkroch sich unter dem Sofa und winselte. In der zweiten, oft im Krankenhaus, versammelten sich alle um Paul, und sie redeten und weinten und machten einander Mut und lachten und tuschelten. In der dritten Phase schließlich legten sie das an den Tag, was man wohl normales Verhalten nennen könnte, eine Fähigkeit, den Alltag zu bewältigen, als gebe es den Tod gar nicht; sie zeigten eine gefasste, ein wenig dumpfe Zuversicht, eine Miene, die, weil sie sie jeden Tag von neuem aufsetzen mussten, bald heroisch und alltäglich zugleich war. Die Familie durchlief diese Stadien im Laufe der Monate, manchmal aber auch binnen einer einzigen Stunde.

Ich will hier nicht davon reden, was AIDS mit dem menschlichen Körper macht. Malen Sie sich das Schlimmste aus – und es ist noch schlimmer (der Verfall ist unvorstellbar). Schlagen Sie im Wörterbuch das Wort »Fleisch« nach – so ein kraftstrotzendes Wort – und dann »zergehen«.

Aber das ist nicht das Schlimmste. Das Schlimmste ist die Gegenwehr, der Daran-sterbe-ich-nicht-Virus. Das ist der Virus mit der größten Zahl an Opfern, denn er infiziert die Lebenden, diejenigen, die den Sterbenden lieben und umhegen. Mich erwischte er gleich zu Anfang. Ich erinnere mich noch genau an den Tag. Paul war im Krankenhaus. Er aß sein Abendessen, jeden Bissen, bis der Teller vollkommen blank war, obwohl er gar keinen Hunger hatte. Ich sah ihm zu, wie er jede einzelne Erbse verfolgte, bis er sie auf der Gabel hatte, und jeden Mund voll gewissenhaft kaute, bevor er schluckte. *Das gibt meinem Körper Kraft zum Kämpfen. Auch das kleinste bisschen zählt* – das ging ihm durch den Kopf. Es stand ihm im Gesicht geschrieben, ich sah es an seiner Haltung, ich sah es als Zeichen an der Wand. »Lass doch die verfluchten Erbsen, Paul«, hätte ich ihn am liebsten angebrüllt, »du wirst sterben! STERBEN!« Nur dass »Tod« und »Sterben« und alle Varianten dieser beiden

Worte nun stillschweigend aus unserer Rede verbannt waren. Ich saß also nur einfach mit ausdruckslosem Gesicht da, und der Ärger wütete in meinem Inneren. Noch schlimmer ging es mir jedes Mal wenn Paul sich rasierte. Es waren ja nur ein paar Daunen am Kinn; er war kein haariger Typ. Trotzdem rasierte er sich nun täglich. Tag für Tag schlug er Massen von Rasierschaum auf und strich sein Gesicht dick damit ein, und dann schabte er es mit einem Einwegrasierer wieder ab. Es ist ein Bild, das sich mir ins Gedächtnis eingebrannt hat: Paul, noch halbwegs bei Kräften, in einem Krankenhaushemd vor dem Spiegel, wie er den Kopf bald in die eine, bald in die andere Richtung dreht, die Haut hierhin und dorthin spannt, penibel etwas macht, das vollkommen, ganz und gar, sinnlos ist.

Das Studienjahr war verloren. Ständig verpasste ich Vorlesungen und Seminare und brachte keine Essays mehr zustande. Ja, ich konnte nicht einmal mehr lesen; ich starrte stundenlang auf denselben Absatz Kant oder Heidegger, versuchte zu verstehen, was sie mir sagen wollten, versuchte meine Gedanken darauf zu konzentrieren, doch ohne Erfolg. Zu jener Zeit entwickelte ich auch einen Abscheu gegenüber meinem Heimatland. Kanada, das war Rückständigkeit, Trägheit, Kleinlichkeit. Kanadier steckten bis zum Hals im Materialismus, und vom Hals aufwärts gab es nur amerikanisches Fernsehen. Nirgends sah ich Idealismus, nirgends Aufrichtigkeit. Alles war nur lähmendes Mittelmaß. Die kanadische Haltung zu Zentralamerika, zu Indianern und Eskimos, zur Umwelt, zu Reagans Amerika, zu allem, das drehte mir den Magen um. Es gab nichts, was ich an diesem Land mochte, nicht das Geringste. Ich konnte es gar nicht abwarten, bis ich dem allen entfloh.

Eines Tages hielt ich in einem Philosophieseminar – mein Hauptfach – ein Referat über Hegels Geschichtsphilosophie. Der Professor, ein kluger und freundlicher Mensch, unterbrach mich und bat mich, einen Punkt näher zu erläutern, der ihm nicht klar geworden war. Ich schwieg. Ich sah mich in dem gemütlichen, mit Büchern voll gestopften Raum um. Ich kann mich an diesen Augenblick der Stille sehr genau erinnern, denn das war der Augenblick, in dem ich die Wut und den Überdruss, die sich mit immer größerer Macht in all meiner Verwirrung breit gemacht hatten, nicht mehr aushielt. Ich brüllte, ich sprang auf, ich schmiss den dicken Hegelband durch das geschlossene Fenster und stürmte aus dem Büro, warf die Tür hinter mir zu, so fest ich nur konnte, und trat, damit es sich auch lohnte, auch noch eine ihrer hübschen Füllungen ein.

Ich wollte mich beurlauben lassen, aber ich verpasste den Termin. Ich wandte mich an ein Komitee, das in Problemfällen die Studenten vertritt, und musste zu einer Anhörung erscheinen. Der Grund, weshalb ich von der Uni abgehen wollte, war Paul, aber als der Vorsitzende nachhakte und mit einem hämischen Grinsen fragte, was genau ich denn mit »emotionaler Belastung« meine, sah ich ihn nur an und wusste, dass ich ihm Pauls Todeskampf nicht auf einem Tablett präsentieren würde wie eine geschälte und geviertelte Apfelsine. Diesmal gab es jedoch keinen großen Auftritt. Ich sagte einfach nur: »Ich habe es mir anders überlegt. Ich ziehe meinen Antrag zurück. Ich danke für Ihre Aufmerksamkeit.« Und damit ging ich hinaus.

So kam es, dass ich mein Studium nie abschloss. Es machte mir damals nichts aus und heute ebenso wenig. Ich blieb in Roetown, ein hübscher Ort, wenn man nichts anderes zu tun hat.

Aber eigentlich will ich ja von der Geschichte der Familie Roccamatio aus Helsinki erzählen. Nicht von Pauls Familie, denn er hieß mit Nachnamen Atsee. Und auch nicht von meiner.

Paul verbrachte Monate im Krankenhaus. Wenn sein Zustand stabil war, kam er nach Hause, aber wenn ich jetzt an ihn denke, dann sehe ich ihn meist im Krankenhaus. Der Lauf seiner Krankheit, die Untersuchungen, die Behandlungen, wurden zum Lauf seines Lebens. Unwillkürlich wurden mir Namen vertraut wie Azidothymidin, Interferon alpha, Pyrimethamin, Nitrazepam. (Wenn man mit Todkranken zusammen ist, geht einem auf, was für eine Illusion die Wissenschaft oft ist.) Ich besuchte Paul. Ein- oder zweimal pro Woche fuhr ich nach Toronto, um ihn zu sehen, oft auch noch an Wochenenden, und jeden Tag rief ich ihn an. Wenn ich da war und er sich gut genug fühlte, machten wir Spaziergänge, gingen ins Kino oder sahen uns ein Theaterstück an. Die meiste Zeit saßen wir allerdings einfach nur da. Aber wenn man zwischen vier Wänden eingesperrt ist und keiner mehr fernsehen will, alle Zeitungen gelesen sind, man hat genug von Kartenspiel, Schach und Scrabble, wenn man es einfach nicht mehr aushält, darüber zu reden, wie *es* sich entwickelt, dann weiß man irgendwann nicht mehr, wie man die Zeit umkriegen soll. Was nicht weiter schlimm war. Weder Paul noch mir machte es etwas aus, wenn wir einfach nur dasaßen, Musik hörten, ganz in unsere ureigenen Gedanken versunken.

Aber immer mehr hatte ich das Gefühl, dass wir diese Zeit doch nützen müssten. Nicht indem wir uns in eine Toga hüllten und tiefsinnige Gespräche über das Leben, den Tod, Gott, das Universum, den Sinn von alldem führten. Das hatten wir schon im ersten Trimester hinter uns gebracht, als wir noch gar nicht wussten, dass er krank war. Das ist schließlich Stoff fürs erste Studienahr, nicht wahr? Worüber soll man sonst reden, wenn man die ganze Nacht durchmacht bis zum Morgengrauen? Wenn man gerade zum ersten Mal Descartes oder Berkeley oder T. S. Eliot gelesen hat? Und Paul war ja gerade erst neunzehn. Was ist man denn mit neunzehn? Ein unbeschriebenes Blatt. Ganz Hoffnung, Traum und Unsicherheit. Man ist ganz Zukunft, mit ein klein wenig Philosophie. Nein, was mir durch den Kopf ging, das war, dass wir irgendwie etwas Konstruktives machen müssten, dass wir aus all diesem Nichts etwas schaffen müssten, einen Sinn aus all diesem Unsinn, dass wir nicht nur über Leben, Tod, Gott, Universum, den Sinn von allem *reden* durften, sondern dass wir genau das *sein* mussten.

Ich dachte ausgiebig darüber nach. Zeit genug zum Nachdenken hatte ich: Im Frühjahr hatte ich eine Stelle bei der Stadtgärtnerei von Roetown angenommen. Ich verbrachte meine Tage damit, dass ich Unkraut aus Blumenbeeten zupfte, Büsche beschnitt, Rasen mähte, Arbeiten, die meine Hände beschäftigten und dem Verstand alle Freiheit ließen.

Der Gedanke kam mir, als ich einen Motormäher über ein Stück städtischen Rasen schob, dicke Ohrenschützer übergestülpt. Zwei Worte ließen mich abrupt zum Stehen kommen: Boccaccios *Dekameron*. Seinerzeit in Indien hatte ich ein zerfleddertes Exemplar des italienischen Klassikers gelesen. Die Grundidee war denkbar einfach: Ein einsames Landhaus vor den Toren von Florenz, die Welt von der tödlichen Pest bedroht, zehn Leute, die sich dort versammelt haben und ausharren wollen, bis die Gefahr vorüber ist, und die *Geschichten erzählen, um sich die Zeit zu vertreiben*.

Das war es. Die Kraft der Phantasie, mit der sich die Wirklichkeit verändern lässt. Boccaccio hatte es im vierzehnten Jahrhundert getan, und wir würden es jetzt im zwanzigsten genauso machen: Wir würden einander Geschichten erzählen. Nur dass diesmal wir die Kranken waren, nicht die Welt draußen, und wir würden vor dieser Welt auch nicht fliehen. Ganz im Gegenteil: Mit unseren Geschichten würden wir uns die Welt heranholen, uns erinnern, sie neu schaffen. Als Geschichtenerzähler die Welt umarmen – so würden Paul und ich die Leere dieser Tage vertreiben.

Je mehr ich es mir ausmalte, desto besser gefiel mir der Gedanke. Paul und ich würden die Geschichte einer Familie erfinden, einer weit verzweigten Familie, so dass die Erzählungen vielfältig waren und doch Zusammenhalt hatten, dass es Kontinuität gab und zugleich Entwicklung. Wir würden eine kanadische Familie nehmen und die Handlung in der Gegenwart ansiedeln, damit wir mit den historischen und kulturellen Bezügen keine unnötige Mühe hatten. Ich würde die Fäden in der Hand halten und dafür sorgen, dass wir nicht einfach nur unsere Lebensgeschichte nahmen. Und ich musste mich gut vorbereiten, damit ich die Handlung auch allein voranbringen konnte, wenn Paul zu schwach oder zu deprimiert war. Und ich musste ihn davon überzeugen, dass es seine einzige Chance war, dass es nicht einfach nur ein Spiel war, nicht nur als ob wir uns einen Film ansahen oder über Politik redeten. Er musste einsehen, dass es nichts gab außer dieser Geschichte, dass alles andere keinen Sinn mehr hatte, nicht einmal das verzweifelte philosophische Grübeln, das ihn doch nur ängstigte. Von jetzt an zählte nur noch die Phantasie.

Aber die Phantasie braucht einen Halt. Wenn unsere Geschichte wirklich leben, wenn sie drei Dimensionen haben sollte, wenn sie weder einfach nur Wirklichkeit noch einfach nur Tagtraum sein sollte, dann brauchten wir eine Struktur, einen roten Faden, der uns führen würde, einen Bordstein, an dem wir zwei Blinden uns mit dem weißen

Stock vorantasten konnten. Ich zerbrach mir den Kopf, wie eine solche Struktur aussehen konnte. Es musste etwas Stabiles und doch Offenes sein, etwas, das einen Rahmen vorgab, uns aber auch inspirierte.

Die Idee kam mir beim Unkrautjäten: Wir würden die Geschichte des zwanzigsten Jahrhunderts als Leitfaden nehmen. Nicht dass unsere Erzählung 1901 beginnen und bis ins Jahr 1986 führen sollte – das hätte uns nicht viel weitergeholfen. Aber die Historie sollte die Form sein, in die wir unsere Erzählung gießen würden. Es würde eine Geschichte in sechsundachtzig Episoden werden, die dem Lauf des Jahrhunderts folgten und von denen jede ein Echo auf ein Ereignis in einem Jahr dieses Jahrhunderts sein sollte.

Der Gedanke, dass ich nun wusste, wie ich meine Zeit mit Paul nutzen konnte, beflügelte mich. Ich barst geradezu vor Ideen. Ich konnte mir gar nichts Besseres vorstellen als die Fahrt von Roetown nach Toronto – so langweilig und quälend für andere Pendler, die zur Arbeit fuhren –, damit ich mit Paul Geschichten erfinden konnte.

Ich erklärte es ihm genau. Er war wieder einmal zu Untersuchungen im Krankenhaus.

»Das verstehe ich nicht«, sagte er. »Was soll das sein, ein ›metaphorischer Leitfaden‹? Und wann spielt die Geschichte?«

»Heute. Die Familie lebt mitten unter uns. Die historischen Ereignisse, die wir aussuchen, bilden eine Parallele, ein Muster, nach dem wir uns die Geschichten über die Familie ausdenken. So wie Homers *Odyssee* das Muster für Joyce war, als er seinen *Ulysses* schrieb.«

»Den habe ich nie gelesen.«

»Das macht nichts. Der *Ulysses* spielt an einem einzigen Tag in Dublin im Jahr 1904, aber seinen Namen trägt er nach einem altgriechischen Epos. Joyce nahm die zehn Jahre Irrfahrt des Odysseus nach dem Trojanischen Krieg als Muster für seine Geschichte in Dublin. Seine Geschichte ist eine metaphorische Verwandlung der *Odyssee*.«

»Dann könnten wir doch auch einfach das Buch lesen – wo ich es noch nie gelesen habe.«

»Wir wollen nicht einfach nur Zuschauer sein, Paul.«

»Oh.«

»Zuerst einmal müssen wir festlegen, wo die Familie lebt.«

Er blickte mich verständnislos an. Er war skeptisch – und erschöpft. Ich ließ nicht locker. Ich wurde sogar ein klein wenig ärgerlich. Nicht dass ich geflucht hätte, aber es fehlte nicht viel. Er machte ein unglückliches Gesicht, Tränen kamen. Ich entschuldigte mich sofort. Jawohl, wir würden uns den *Ulysses* vorlesen. Und dann *Krieg und Frieden* – warum nicht?

Ich war hinausgegangen, schon auf dem Weg zum Aufzug, als ein lauter Ruf den Gang hinunterhallte.

»Helsinkiiiiiiiiiiiiiiiiiiiiiiiiiiiiii!«

Ich lächelte. Man sieht also, Paul und ich waren auf derselben Wellenlänge. Wir waren jung, und wer jung ist, darf radikal sein. Bei uns gab es keine Traditionen, keine eingefahrenen Gleise. Wenn wir uns rechtzeitig am Riemen rissen, konnten wir alles machen. Die Geschichte würde also in der finnischen Hauptstadt Helsinki spielen. Eine gute Wahl. In einer weit entfernten Stadt, in der keiner von uns je gewesen war, konnten wir unsere Gedankenspiele weitaus leichter anstellen als in einer, die wir täglich vor Augen hatten. Ich kehrte in Pauls Zimmer zurück. Sein Gesicht war noch rot von dem Schrei.

Ich fragte ihn, wie die Familie heißen solle. Er schürzte die Lippen, kniff die Augen zusammen und dachte einen Moment lang nach. Dann stieß er einen Laut aus: »Roccamatio.« *Was?* »Die Roccamatios – Rok-kah-MAA-zios.« Das passte mir nicht. Zu unrealistisch. Es müsste doch nordischer klingen, oder? Aber Paul bestand darauf: Die Roccamatios – Rok-kah-MAA-zios, wiederholte er –, das war unsere finnische Familie italienischer Abstammung. Die Roccamatios aus Helsinki hatten damit Namen und Wohnort. Jetzt mussten wir nur noch ihre Geschichte erzählen. Wir einigten uns auf die Regeln: Ich sollte entscheiden, was literarisch akzeptabel war und was nicht; alles offensichtlich Autobiographische war untersagt. Die Geschichte würde in unserer Gegenwart spielen, Mitte der achtziger Jahre. Jede Episode sollte in sich abgeschlossen sein und an einem Tag erzählt werden, und jede nahm Bezug auf ein Ereignis in jeweils einem Jahr des zwanzigsten Jahrhunderts, wobei wir chronologisch von Jahr zu Jahr voranschritten. Wir würden abwechselnd jeder eine Episode erzählen; ich übernahm die ungeraden Jahre, Paul die geraden. Wir überlegten, was wir über Helsinki wussten, und kamen zu folgendem Ergebnis: 1. die Einwohnerzahl lag bei einer Million; 2. es war in jeglicher Hinsicht Hauptstadt des Landes – politisch, wirtschaftlich, industriell, kulturell usw.; 3. es hatte einen bedeutenden Hafen; 4. es gab eine kleine, doch lautstarke schwedische Minderheit, und 5. der Einfluss Russlands lastete schwer auf der ganzen Nation. Zum Schluss versicherten wir uns noch, dass die Roccamatios ein Geheimnis zwischen uns beiden bleiben sollten.

Wir gaben uns ein wenig Zeit zum Nachdenken und Nachforschen, und dann sollte ich mit der ersten Episode beginnen. Ich brachte Paul Schreibzeug und eine dreibändige Geschichte des zwanzigsten Jahrhunderts. Sein Vater stellte ein kleines Bücherregal auf Rädern neben sein Bett und füllte es mit allen zweiunddreißig Bänden der 15. Auflage der *Encyclopaedia Britannica*.

Was ich hier niederschreibe, ist nicht die Geschichte der Roccamatios aus Helsinki. Die ist nicht für die Augen und Ohren der Öffentlichkeit bestimmt. Sie wurde erzählt; damit muss der Leser sich begnügen. Die Geschichte der Roccamatios war nicht leicht zu erzählen, gerade die späteren Jahre. Mutig und energisch nahmen wir es in Angriff, debattierten darüber, unterbrachen uns immer wieder gegenseitig, überraschten einander mit unserer Raffinesse und unserem Einfallsreichtum, lachten viel – aber es ist schon anstrengend, die ganze Welt nachzuschaffen, wenn man von Tag zu Tag hinfälliger wird. Paul war nicht unwillig – er hatte weiterhin seine Einwände, korrigierte mich mit einem Wort oder einem finsteren Blick –, aber es war einfach zu viel für ihn. Schließlich war selbst das Zuhören zu anstrengend.

Die Geschichte der Roccamatios aus Helsinki wurde oft genug im Flüsterton erzählt. Sie war nicht für fremde Ohren bestimmt. Alles, was ich von diesen AIDS-Jahren an Aufzeichnungen habe – alles, was außerhalb meiner ganz privaten Erinnerung existiert –, ist dies:

Die Hintergründe zu den Helsinki-Roccamatios

1901 – Nach vierundsechzigjähriger Herrschaft stirbt Königin Viktoria. Ihre Epoche war geprägt von unglaublicher industrieller Expansion und stetig wachsendem materiellem Reichtum. Auf ihre kurzsichtige, engstirnige Art war die viktorianische Ära die glücklichste der Menschheit – eine Zeit der Stabilität, der Ordnung, des Wohlstands, der Entdeckungen und der Hoffnung. Wissenschaft und Technik sind jung und siegreich, und Utopia scheint zum Greifen nahe.

Ich beginne mit einem Ende, mit dem Tod von Sandro Roccamatio, dem Patriarchen. Das ist ein dramatischer Auftakt, und ich kann sämtliche Familienmitglieder vorstellen, denn sie kommen alle zur Beerdigung.

1902 – Unter der starken Führung von Clifford Sifton, Innenminister der Regierung Laurier, macht die Besiedlung des kanadischen Westens schnelle Fortschritte. Sifton verschickt Millionen von Prospekten in Dutzenden von Sprachen und baut ein Netz von Anwerbern in ganz Nord- und Mitteleuropa auf. Schiffe löschen ihre Ladung kanadischen Weizen in den Häfen des alten Kontinents und kehren mit dem Fang dieses Netzes zurück. In einem knappen Jahrzehnt nimmt die Einwohnerschaft der Prärie um eine Million Menschen zu und die Weizenerträge verfünffachen sich. »Das zwanzigste Jahrhundert ist das Jahrhundert Kanadas«, verkündet Laurier dem blühenden Land.

1903 – Orville und Wilbur Wright machen an den Kill Devil Hills in North Carolina ihre Flugexperimente. Ihr Motorflugzeug, der Flyer 1 (heute meist Kitty Hawk genannt), bleibt beim ersten Versuch zwölf Sekunden in der Luft, beim vierten und letzten neunundfünfzig.

1904 – Als direkte Folge der Dreyfus-Affäre bringt der französische Premierminister Émile Combes ein Gesetz zur vollständigen Trennung von Kirche und Staat ein. Es garantiert uneingeschränkte Gewissensfreiheit, unterbindet jeden Einfluss des Staates auf die Besetzung kirchlicher Ämter oder die Zahlung der Gehälter und kappt auch alle anderen Verbindungen zwischen Kirche und Staat.

Schon jetzt hat sich für unsere Erzählungen eine Routine herausgebildet. Fast schon ein Ritual. Immer als Erstes reichen wir uns die Hand, bei jedem Treffen, wie Europäer. Paul macht es Vergnügen, das spüre ich. Wenn es etwas Neues gibt, reden wir über seine Verfassung und über die Therapie. Dann wird geplaudert, meist über Politik, denn wir sind beide eifrige Zeitungsleser. Und schließlich, nach einer kurzen Pause, in der wir uns sammeln, geht es dann weiter mit den Roccamatios.

1905 – Die deutsche Monatsschrift Annalen der Physik *veröffentlicht Aufsätze von Albert Einstein, einem sechsundzwanzigjährigen deutschen Juden, der als Gutachter am Berner Patentamt arbeitet. Die Spezielle Relativitätstheorie ist geboren. Alles ist Energie. $E = mc^2$, wie Einstein es ausdrückt.*

1906 – Tommy Burns schlägt Marvin Hart und wird der erste (und Einzige) kanadische Boxweltmeister im Schwergewicht. Burns verteidigt seinen Titel elfmal in drei Jahren, darunter gegen den irischen Champion Jem Roche, den er in einer Minute 28 Sekunden k.o. schlägt – der kürzeste Schwergewichts-Titelkampf aller Zeiten.

Paul geht es beinahe gut. Ein paar Wehwehchen plagen ihn – ein Nachtschweiß, etwas Durchfall –, er fühlt sich schwach, aber es ist nichts, was er nicht bewältigen kann. Er ist zu Hause, und da er bisher noch nie im Leben krank gewesen ist, hat der Alltag der Krankheit noch den Reiz des Exotischen. Er hat eine Therapie mit Azidothymidin (AZT) und Multivitaminen begonnen, und einmal pro Woche geht er ins Krankenhaus, manchmal auch über Nacht. Es gefällt ihm dort. Die allmächtigen Männer und Frauen in Weiß, der wissenschaftliche Jargon, die unzähligen Untersuchungen, die makellos Sauberkeit – das alles erschöpft und beruhigt ihn. Seine Stimmung ist gut.

Wir schmieden Pläne. Wir reden vom Reisen. Ich habe schon einiges von der Welt gesehen, Paul wenig, und das meist mit der Familie. Wir sind uns einig, dass Reisen wichtig für die Ausprägung der Persönlichkeit sind, ein Seinszustand, eine Metapher für die innere Reise. Wir verschmähen die ausgetretenen Pfade, und Europa kommt in unseren Überlegungen kaum vor. Wir sind keine Touristen, wir folgen unserem Stern. Nach Stippvisiten in Island, Portugal, Bulgarien und Polen führt er uns in fernere Länder, in die Türkei, den Jemen, nach Mexiko und Peru und Bolivien, nach Südafrika, den Philippinen, Indien und Nepal.

1907 – Eine neue Weizensorte, Marquis, kommt in Indian Head, Saskatchewan, zur Aussaat. Sie ist das Resultat eines langen, wissenschaftlichen Selektionsprozesses unter der Leitung von Charles Edward Saunders, Getreidekundler an der Versuchsfarm von Ottawa. Das Maß, in dem die neue Sorte auf die Bedingungen in Saskatchewan eingeht, ist phänomenal. Sie erweist sich als widerstandsfähig gegen Wind und Krankheit und bringt hohe Erträge, die ein ausgezeichnetes Mehl ergeben. Vor allem aber reift sie früher, verringert damit die Gefahr von Frostschäden und öffnet weite Landstriche von Alberta und Saskatchewan für den Weizenanbau. 1920 ist der Anteil von Marquis am Prärie-Sommerweizen auf 90 Prozent gestiegen, und er trägt seinen Teil dazu bei, dass Kanada sich zu einer der größten Kornkammern der Erde entwickelt.

Wenn ich nicht durch meine Arbeit oder durch Gedanken an Essen, Fahrten und dergleichen abgelenkt bin, denke ich an die Roccamatios. Mein Verstand kehrt immer wieder zu ihnen zurück. Ich muss historische Ereignisse finden. Dann muss ich mir eine Handlung als Parallele dazu ausdenken, ich muss mir überlegen, wie meine Geschichte das historische Ereignis widerspiegeln soll, ob es offensichtlich oder eher unterschwellig sein soll, einen symbolischen Moment lang (am Anfang oder am Ende?) oder über die ganze Länge. Diese Dinge beschäftigen mich, sie sind eine Herausforderung, sie treiben mich an. Mein Alltagsleben nehme ich kaum noch wahr.

1908 – Ernest Thompson Seton, Schriftsteller, Naturforscher und bildender Künstler, ruft die kanadischen Pfadfinder ins Leben. Ziel der Boy Scouts – und der Girl Guides, die zwei Jahre später folgen – ist es, die Bürgertugenden zu fördern, es geht um gutes Benehmen, Liebe zur Natur und mancherlei sportliche und praktische Fähigkeiten. Die Scouts folgen einem Moralkodex und sollen jeden Tag eine gute Tat vollbringen. Sie gehen zelten, schwimmen, segeln oder wandern. Sie tun Nützliches für die Gemeinschaft. Ihr Motto lautet »Allzeit bereit«, und sie reichen einander zur Begrüßung die linke Hand.

Ich hatte mir die Roccamatios nicht so anstrengend vorgestellt. Ehen werden geschlossen, eine Tochter läuft davon, es gibt eine schmerzliche, doch befreiende Scheidung, Kinder kommen, Geschäftserfolg stellt sich ein, Liebesgeschichten, politische Ränke – sie sind eine dynamische Familie. Paul und ich sorgen für Tempo. Eigentlich hatten wir immer im Wechsel ein Jahr übernehmen wollen, aber die bisherigen Episoden waren eher Gemeinschaftsarbeiten.

Doch nun ziehen Wolken am Horizont auf. Das Jahr 1909 fällt mir zu. Ich lasse mir eine Geschichte nach dem Prinzip Versuch und Irrtum einfallen. Für Paul ist es Versuch und Täuschung. Es ist das erste Mal, dass wir streiten. Und seine Geschichte für das Jahr 1910 beunruhigt mich.

1909 – Commander Robert E. Peary gibt bekannt, dass er im dritten Anlauf den Nordpol erreicht habe. Zwar wird dies von der Mehrheit akzeptiert, doch viele zweifeln an seinem Wort, weil die Beobachtungen unstimmig und der zeitliche Ablauf unglaubwürdig sind.

1910 – Das zusehends militaristischer werdende Japan, fest entschlossen, seinen Machtbereich und seinen Einfluss zu erweitern, annektiert Korea und beutet Bevölkerung und Bodenschätze ausschließlich zum eigenen Vorteil aus. Es gibt für die Koreaner keine Rede- und keine Versammlungsfreiheit, und in der Schule darf ihre eigene Sprache nicht mehr unterrichtet werden.

Ich schicke die Roccamatios in die turbulente Lokalpolitik von Helsinki!

1911 – In Kanada finden landesweite Wahlen statt. Größtes Wahlkampfthema ist die Handelsreziprozizät, die mit niedrigeren Zöllen für den Handel zwischen Kanada und den USA verbunden sein soll. Der liberale Premier Wilfrid Laurier setzt sich für einen solchen Vertrag ein, der konser-

vative Oppositionsführer Robert Borden spricht dagegen. Die Industriellen im östlichen Kanada mahnen, solche Maßnahmen seien der erste Schritt zum politischen Anschluss. Äußerungen einflussreicher Amerikaner – »Ich hoffe, ich werde den Tag noch erleben, an dem das Sternenbanner über jedem Fußbreit Britisch-Nordamerikas weht, bis hinauf zum Nordpol«, verkündet Champ Clark, Sprecher des Repräsentantenhauses – scheinen diese Sicht zu stützen. Laurier und seine Liberalen erleiden eine spektakuläre Niederlage, Borden wird Premierminister.

Pauls Grundstimmung ändert sich. Ich glaube, er begreift jetzt, was ihm bevorsteht. Anfangs machten die Pillen und Spritzen ihm Freude. *Damit wirst du wieder gesund*, sagten sie zu ihm. *Du schaffst das.* Aber die Gesundheit kehrt nicht zurück, und er wird gereizter. Nach wie vor nimmt er gewissenhaft seine Medikamente, aber jetzt schmecken sie bitter, nicht mehr süß. 1912 wird in England das Gesetz über Mindestlöhne verabschiedet, Roald Amundsen erreicht den Südpol, deutsche Archäologen entdecken in Ägypten die prachtvolle Büste von Königin Nofretete, Edgar Rice Borroughs veröffentlicht die Erste seiner Tarzan-Geschichten, und Marcel Duchamp zeigt *Akt, eine Treppe hinabsteigend, Nr. 2*. Aber all das reizt Paul nicht. Seine Geschichte – sie handelt von einem Überfall – ist einfach, geradlinig und brutal.

1912 – Nach fünfstündiger Belagerung wird im Pariser Vorort Choisy-le-Roy der Anarchist Jules-Joseph Bonnot getötet. Bonnot und seine Bande haben die französische Gesellschaft rücksichtslos terrorisiert und bei ihren dreisten Bank-

überfällen, Einbrüchen und Autodiebstählen unbekümmert Kassierer, Aufseher, Passanten, Polizisten, Hausbewohner und Fahrer erschossen. Bei diesem letzten Angriff auf sein Versteck, wo Bonnot sich allein verschanzt hat, hat der Staat drei Artillerieregimenter und fünf Polizeibrigaden aufgeboten, mit Flinten, schweren Maschinengewehren und Dynamit. Als sie Bonnot finden, in eine Matratze gewickelt, ist er noch am Leben. Sie machen kurzen Prozess. Zu der Belagerung sind über dreißigtausend Schaulustige gekommen.

Dauerhafter Optimismus braucht einen treuen Verbündeten: die Vernunft. Jeder Optimismus, der unvernünftig ist, wird binnen kurzem an der Realität zerschellen, was zu noch mehr Unglück führt. Hoffnung muss also stets vom Licht der Vernunft beschienen sein, sie braucht ein festes Fundament im klaren Verstand, denn dann ist der Pessimismus die dümmere, kurzsichtigere Wahl. Und unheroisch und unspektakulär, wie die Vernunft nun einmal ist, kann der Optimismus nur aus kleinen, aber eindeutigen Errungenschaften hervorgehen. Wie etwa bei meiner Episode für das Jahr 1913.

1913 – Der Reißverschluss wird patentiert.

Paul ist wieder im Krankenhaus. Ein Rückfall der *Pneumocystis carinii*. Er nimmt wieder Dapson und Trimethoprim, aber diesmal stellen sich Nebenwirkungen ein: Fieber und ein Ausschlag auf Brust und Hals. Es ist unglaublich, wie dünn er ist; er isst kaum noch etwas, und nichts hilft gegen den Durchfall. Er hat einen Schlauch in der Nase. In seiner

Episode kommt es zu einem schweren Streit zwischen Marco Roccamatio und seinem Bruder Orlando.

1914 – Berauscht von der Idee eines südslawischen Nationalstaats greift der neunzehnjährige Gavrilo Princip zum Revolver und löst mit seinem Schuss den Ersten Weltkrieg aus.
Österreich erklärt Serbien den Krieg.
Deutschland erklärt Russland den Krieg.
Deutschland erklärt Frankreich den Krieg.
Deutschland erklärt Belgien den Krieg.
Großbritannien (und mit ihm Kanada, Indien, Australien, Neuseeland, Südafrika und Neufundland) erklärt Deutschland den Krieg.
Montenegro erklärt Österreich den Krieg.
Österreich erklärt Russland den Krieg.
Serbien erklärt Deutschland den Krieg.
Montenegro erklärt Deutschland den Krieg.
Frankreich erklärt Österreich den Krieg.
Großbritannien erklärt Österreich den Krieg.
Japan erklärt Deutschland den Krieg.
Japan erklärt Österreich den Krieg.
Österreich erklärt Belgien den Krieg.
Russland erklärt dem Osmanischen Reich den Krieg.
Serbien erklärt dem Osmanischen Reich den Krieg.
Großbritannien erklärt dem Osmanischen Reich den Krieg.
Frankreich erklärt dem Osmanischen Reich den Krieg.
Ägypten erklärt dem Osmanischen Reich den Krieg.

1914, sage ich zu Paul, war das Jahr, in dem der Panamakanal eröffnet wurde. Wäre das nicht eine schönere Geschichte?

»Dein Geschichtsbild ist einseitig«, antwortet er.

»Deins auch«, schieße ich zurück.

»Aber meins steht auf der richtigen Seite.«

»Wie willst du das wissen?«

»Es erklärt, was hinterher geschah.«

Ich verstehe das nicht. Ich habe von Leuten gelesen, die mit AIDS infiziert waren und noch Jahre gelebt haben. Aber Paul wird von Woche zu Woche schmaler und schwächer. Sicher, er wird behandelt, aber viel scheinen die Medikamente nicht zu nützen; bestenfalls lindern sie die Lungenentzündung. Ansonsten gibt es kein eindeutiges Krankheitsbild, er siecht nur einfach dahin. Ich frage den Arzt danach, und meine Frage klingt wie ein Vorwurf. Er steht in der Tür. Schweigend hört er sich mein Lamento an – er ist ein großer, unrasierter Mann, die Augen rot –, und als ich fertig bin, sagt er zunächst gar nichts, dann mit leisen, eindringlichen Worten: »Wir – tun – was – wir – können.«

Ich bin an der Reihe. Ich muss vorsichtig sein. Ich will nicht, dass der Krieg hineinkommt. Das Wahlrecht für die dänischen Frauen, das wäre ein Thema. Aber Paul würde nichts Positives durchgehen lassen. Ich überlege, ob die Veröffentlichung von Kafkas *Verwandlung* eine Chance hätte. Zu düster. Ich darf Paul weder nachgeben noch darf ich ihn missachten. Ich muss einen Mittelweg zwischen völliger Abstraktion und der bitteren Wirklichkeit finden. Ich weiß nicht, was ich machen soll. Ich wähle das Diffuse.

1915 – Der deutsche Meteorologe und Geophysiker Alfred Wegener veröffentlicht Die Entstehung der Kontinente und Ozeane, *die klassische Darstellung seiner umstrittenen Theorie der Kontinentalverschiebung. Wegener geht davon aus, dass eine ursprüngliche Landmasse, die er Pangäa nennt, vor etwa 250 Millionen Jahren in mehrere Teile zer-*

brach, die nun mit einer Geschwindigkeit von etwa zweieinhalb Zentimetern pro Jahr auseinander driften, wodurch die Kontinente entstanden, wie wir sie heute kennen.

»Zweieinhalb Zentimeter pro Jahr?« Paul lächelt. Und meine Geschichte gefällt ihm. Aber aufhalten lässt er sich nicht.

1916 – Deutschland erklärt Portugal den Krieg.
Österreich erklärt Portugal den Krieg.
Rumänien erklärt Österreich den Krieg.
Italien erklärt Deutschland den Krieg.
Deutschland erklärt Rumänien den Krieg.
Das Osmanische Reich erklärt Rumänien den Krieg.
Bulgarien erklärt Rumänien den Krieg.

Weitere Untersuchungen. Man hat bei Paul Zytomegalie-Viren festgestellt, was die Ursache für den Durchfall und den geschwächten Allgemeinzustand sein könnte. Es ist eine Infektion, die rasch auf andere Körperteile übergreift, und sie kann Augen, Lunge, Leber, Verdauungssystem, Rückenmark und Hirn befallen. Es gibt kein Mittel dagegen. Eine wirksame Behandlung existiert nicht. Paul ist so niedergeschlagen, er sagt kein Wort. Ich gebe ihm nach.

1917 – Die Vereinigten Staaten erklären Deutschland den Krieg.
Panama erklärt Deutschland den Krieg.
Kuba erklärt Deutschland den Krieg.

Griechenland erklärt Österreich, Bulgarien, Deutschland und dem Osmanischen Reich den Krieg.
Siam erklärt Deutschland und Österreich den Krieg.
Liberia erklärt Deutschland den Krieg.
China erklärt Deutschland und Österreich den Krieg.
Brasilien erklärt Deutschland den Krieg.
Die Vereinigten Staaten erklären Österreich den Krieg.
Panama erklärt Österreich den Krieg.
Kuba erklärt Österreich den Krieg.

Für 1918 möchte Paul weitere Kriegserklärungen als Vorlage nehmen – Haiti und Honduras, informiert er mich, erklärten Deutschland den Krieg –, doch zum ersten Mal mache ich von meinem Vetorecht Gebrauch und erkläre sie für nicht genügend literarisch. Auch das Erscheinungsjahr von Oswald Spenglers *Untergang des Abendlandes* lasse ich nicht gelten, ein Buch, in dem Spengler seine Ansicht ausbreitet, dass Zivilisationen wie Lebewesen sind, mit Lebenszyklen aus Geburt, Blütezeit und Niedergang, und dass die westliche Zivilisation in die letzte, unvermeidliche Phase des Verfalls eingetreten ist. Genug ist genug, sage ich zu Paul. Es gibt auch Hoffnung. Noch steht die Sonne am Himmel. Paul ist wütend, aber er ist auch müde und gibt nach. Er muss wohl mit meinem Einspruch gerechnet haben, denn er überrascht mich mit einem exotischen Faktum und einer fertig ausgedachten Geschichte.

1918 – Nach ausgiebigen Studien von Kugelsternhaufen – riesigen, dicht gepackten Sternsystemen – bestimmt Harlow Shapley den Mittelpunkt der Milchstraße, unserer Galaxis, im Sternbild des Schützen; unser Sonnensystem läge damit auf etwa zwei Dritteln des Weges vom Mittelpunkt zum äußeren Rand, an die dreißigtausend Lichtjahre vom Zentrum.

»Ist das nicht fantastisch?«, sage ich.

»Sind wir nicht einsam?«, antwortet er.

Seine Geschichte – von Orlando, von Alkoholismus – ist hässlich.

1919 – Walter Gropius übernimmt die Leitung des Bauhauses in Weimar. Von ihm ermuntert, brechen die Lehrer der Kunst- und Architekturschule mit der Vergangenheit. Sie arbeiten mit geometrische Formen, glatten Oberflächen, Primärfarben und modernen Materialien. Und sie setzen, was ebenso wichtig ist, auf industrielle Massenproduktion, damit die funktionellen, ästhetisch gestalteten Objekte für jedermann erschwinglich sind. Nie zuvor hat es für so viele Menschen so attraktive Gebrauchsgegenstände gegeben.

»Dieses AZT nimmt einen ganz schön mit«, sagt Paul. Es macht ihn anämisch, und er bekommt regelmäßig Bluttransfusionen.

Für das Jahr 1920 weise ich die Erstveröffentlichung von Freuds *Jenseits des Lustprinzips* zurück. Freud entwickelt darin seines Theorie des Thanatos, des alles durchdringenden Todestriebs, der die unvermeidlichen Spannungen des Lebens dadurch beenden will, dass er das Leben selbst beendet. Paul nimmt ein anderes historisches Ereignis, bleibt aber bei der Roccamatio-Episode, die er sich ausgedacht hat.

1920 – Dada triumphiert. Die Bewegung, von einer Gruppe übermütiger, verzweifelter Schriftsteller und Künstler – Hugo Ball, Tristan Tzara, Marcel Duchamp, Hans Arp, Richard Huelsenbeck, Raoul Hausmann, Kurt Schwitters, Francis Picabia, George Grosz und etlichen anderen – in Zürich inmitten der Finsternis des Ersten Weltkriegs ins Leben gerufen, betreibt die Zerstörung sämtlicher Werte der Kunst, der Gesellschaft und der Zivilisation.

Paul sagt mir am Telefon, dass er Symptome des Kaposi-Sarkoms zeigt. Er hat purpurblaue Läsionen an Füßen und Knöcheln. Nicht viele, aber es ist eindeutig. Die Ärzte haben sich der Sache bereits angenommen. Er bekommt Interferon alpha sowie Bestrahlungen. Pauls Stimme zittert. Aber wir sind überzeugt von dem, was die Ärzte sagen, voll und ganz überzeugt, dass Strahlentherapie ein erfolgreiches Mittel gegen lokale Symptome des Kaposi-Sarkoms sind, und es sind ja nur ein paar Stellen, an den Füßen sogar nur, es tut nicht weh, und seiner Lunge geht es besser. Ich verspreche, im Krankenhaus vorbeizuschauen.

Paul ist still. Er liegt in seiner Lieblingsposition, auf dem Rücken, aufgestützt von einer kunstvoll konstruierten Pyramide aus drei Kissen.

1921 – Frederick Banting und Charles Best entdecken das Insulin, das von der Bauchspeicheldrüse produzierte, den Blutzuckerspiegel senkende Hormon. Auf Anhieb lässt sich die therapeutische Wirkung bei Diabetes nachweisen. Die Entdeckung rettet Millionen von Menschen das Leben.

Ich habe gerade mit meiner Episode begonnen, da unterbricht mich Paul.

»Im Jahr 1921 kam Albert Camus bei einem Autounfall ums Leben.«

Mehr sagt er nicht. Ich spreche weiter, bis er mich ein zweites Mal unterbricht.

»Im Jahr 1921 kam Albert Camus bei einem Autounfall ums Leben.«

»Paul, das stimmt nicht. Das war 1960.«

»Nein, Albert Camus kam 1921 bei einem Autounfall ums Leben. Er saß als Beifahrer in einem Facel-Vega. Nie gehört, was? Es war eine französische Chrysler-Kopie, eine Kleinserie, nicht sehr ausgereift. Camus und einige Freunde waren auf der Rückfahrt – «

»Paul, was soll das?«

»Sie waren auf der Rückfahrt nach Paris. Sie waren im Lubéron gewesen, wo Camus sich von dem Nobelpreisgeld ein wunderschönes weißes Haus gekauft hatte. Die Straße war – «

»Das reicht jetzt.«

»Die Straße war gerade und trocken und leer. Es war eine Allee. Plötzlich – brach eine Radaufhängung? blockierte ein Rad? – ohne erkennbaren Grund kam der Wagen – «

»Paul, du hältst dich nicht an die Regeln. Das gilt ni – «

»DER WAGEN KAM INS SCHLEUDERN und prallte gegen einen Baum. Camus war auf der Stelle tot – «

»Im Jahr 1921 entdecken Banting und Best das Insulin, das von der – «

»Im Jahr 1921 war Camus auf der Stelle tot – «

»Von der Bauchspeicheldrüse produzierte – «

»An einem Baum – «

»Einem Hormon – «

»Im Jahr 1921 wurde die Atombombe über Hiroshima abgeworfen und forderte – «

»Ha! Im Jahr 1921 entdecken Banting und Best – «

»Im Jahr 1921 wurde die Bombe geworfen und forderte – «

»Millionen von Menschen – «

»Forderte – «

»Millionen von – «

»Ford – «

»Millionen.«

»Es – «

»Das Leben.«

Er kann nicht mehr. Ich spüre, dass er jeden Moment nachgeben wird.

»DIE BOMBE FIEL UND CAMUS WAR TOT!«

Er brüllt es in einem so schrillen Ton hinaus, dass es mir kalt den Rücken hinunterläuft, und ich bin auf der Stelle still. Er schaut mich wütend an, mit weit aufgerissenen Augen. Ich denke noch: *Du Schwachkopf, was hast du da angerichtet?*, da wirft er sich schon auf mich. Vor Schreck weiche ich zurück, er wird gleich aus dem Bett fallen, also fange ich ihn auf. Ich staune, wie leicht er ist. Er schlägt mir zweimal ins Gesicht, aber er ist so schwach, dass es nicht wehtut. Er weint.

»Ist ja gut, Paul, alles in Ordnung. Es tut mir Leid«, sage ich sanft. »Alles in Ordnung. Mein Fehler. Kein Grund zur Aufregung. Ich weiß etwas Besseres. 1921 war gar nicht das Jahr des Insulins. Es war das Jahr, in dem Sacco und Vanzetti zum Tode verurteilt wurden.«

Die Tränen strömen ihm übers Gesicht. Tropfen fallen auf meine Arme. Ich hebe ihn hoch und lege ihn wieder aufs Bett.

»Sacco und Vanzetti, Paul, Sacco und Vanzetti, Sacco und Vanzetti, Sacco und Vanzetti.«

Ich improvisiere eine finstere Geschichte. Manchmal haben unsere Episoden nur wenig Handlung, aber mit ihren unerklärlichen Details, den geheimnisvollen Anspielungen erzeugen sie eine Stimmung, wie ein Gemälde, unbeweglich und doch voller Ausdruck. Aber diesmal ist es nicht so. Hier gibt es nicht nur wenig Handlung, sondern auch wenig Sinn. Die Geschichte stolpert vor sich hin, unlogisch, unglaubwürdig. Loretta Roccamatio ertränkt sich.

1921 – Nicola Sacco und Bartolomeo Vanzetti, Anarchisten und arme italienische Einwanderer, werden wegen Bankraubs angeklagt und für den Mord an zwei Menschen, die bei dem Überfall in South Braintree, Massachusetts, umgekommen sind, zum Tode verurteilt. Obwohl die Beweise lückenhaft sind, obwohl es Unregelmäßigkeiten im Verfahren gab und Vorwürfe, dass Richter und Geschworene wegen der Weltanschauung und der niederen Herkunft der Angeklagten voreingenommen gewesen seien, obwohl es Indizien gab, die auf eine bekannte Bande als Täter weisen, trotz weltweiter Proteste und Gnadengesuche werden Sacco und Vanzetti im Jahr 1927 hingerichtet.

Paul bekommt Antidepressiva – zunächst Amitriptylin, dann Domipramin. Es dauert etwa zwei Wochen, bis die Wirkung einsetzt. Bis dahin steht er unter strenger Beobachtung, besonders nachts, wo er kaum schläft. Fast jeden Nachmittag schaut der Krankenhauspsychiater vorbei. Manchmal rufe ich Paul sechsmal am Tag an.

1922 – Mit neununddreißig Jahren wird Benito Mussolini der jüngste Premierminister in der Geschichte Italiens und der erste in der Reihe der faschistischen Diktatoren im Europa des 20. Jahrhunderts.

»Ich spüre sie im Blut. Ich kann jeden einzelnen Virus spüren, wie er durch meinen Arm wandert, dann durch die Brust, dann ins Herz, und dann huscht er hinunter ins Bein. Und ich kann nichts machen. Ich liege einfach nur hier, warte ab und weiß, dass es schlimmer wird«, sagt er.

Er ist so zerbrechlich. Wieder gebe ich nach.

1923 – Deutschland kann die Reparationszahlungen, die ihm die Alliierten im Vertrag von Versailles auferlegt haben (der Gegenwert von dreiunddreißg Milliarden Dollar), nicht mehr leisten. Frankreich und Belgien besetzen das Ruhrgebiet, um die Einhaltung des Vertrags zu erzwingen. Die deutsche Regierung stellt alle Reparationslieferungen ein und fordert zum passiven Widerstand auf. Franzosen und Belgier antworten mit Massenverhaftungen und einer Wirtschaftsblockade. Die deutsche Wirtschaft bricht zusammen, die Regierung kommt ins Wanken. Es ist ein Nährboden für Extremisten.

Paul wartet auf mich, das sieht man ihm an. Er langweilt sich. Es ist seltsam, wie diese Krankheit, die ihm doch Zeit rauben will, ihm ein solches Übermaß an Zeit beschert.

1924 – Wladimir Iljitsch Lenin, dessen Gesundheit während der letzten anderthalb Jahre zusehends verfallen ist, stirbt mit vierundfünfzig Jahren an einem Schlaganfall.

Der Generalsekretär des Zentralkomitees der kommunistischen Partei, Josef Stalin, den Lenin vergebens zu entmachten versucht hatte, ruft einen verschwenderischen Kult zur Verehrung des verstorbenen Führers ins Leben und stilisiert sich selbst zum größten Wahrer des Lenin'schen Erbes.

Ich begegne Pauls Eltern, als ich das Krankenhaus verlasse. Ich kenne sie inzwischen recht gut. Sie mögen mich, und ich mag sie. Anfangs habe ich immer angerufen, wenn ich Paul zu Hause besuchen wollte, aber bald bekam ich einen Schlüssel; ich sei zu jeder Tages- und Nachtzeit willkommen, sieben Tage die Woche, ich müsse nicht einmal anklopfen. Es ist, als hätte ich zu meiner Mutter noch ein Elternpaar dazubekommen (mein Vater starb, als ich zehn war): Jack klopft mir auf die Schulter, Mary lächelt, berührt mich flüchtig am Unterarm und sagt mir, dass Mokkajoghurt im Kühlschrank steht, meine Lieblingssorte.

1925 – Adolf Hitler veröffentlicht Eine Abrechnung, *den ersten Band seines politischen Manifests* Mein Kampf. *»Was nicht gute Rasse ist auf dieser Welt, ist Spreu«, schreibt er. Das deutsche Volk muss »sich außer der Zucht von Hunden, Pferden und Katzen auch des eigenen Blutes erbarmen«. Das Buch ist pompös, es wiederholt sich, es ist geschwätzig, unlogisch und voller Grammatikfehler. Die Tiraden eines halbgebildeten Irren.*

Ich hätte mir doch eine bessere Vorlage suchen sollen; Pauls Zustand bessert sich. Der Kaposi-Befund ist nicht eindeutig, der Durchfall fast fort.

1926 – Ein Magendurchbruch lässt Rudolf Valentino mit einunddreißig Jahren in die Ewigkeit eingehen. Valentino war im Jahr 1913 aus Italien in die Vereinigten Staaten gekommen und hatte als Gärtner, Tellerwäscher, Varietétänzer und Komparse gearbeitet, bevor er 1921 die Rolle des Julio in den Vier apokalyptischen Reitern *bekam. Über Nacht wurde er zum größten Star der Stummfilmzeit. Sein Tod wird weltweit mit Bestürzung aufgenommen. Es gibt Selbstmorde, Krawalle bei der Aufbahrung, und die Schlange der Verehrer, die von seinem Leichnam Abschied nehmen wollen, ist elf Häuserblocks lang.*

Paul fühlt sich eindeutig besser. Er hat Appetit und kaum noch Durchfall. Und die Kaposi-Male sehen gut aus. Er zeigt mir seinen linken Fuß. Die kleineren Läsionen sind geheilt, und die größeren sind heller und kleiner geworden. Und was das Wichtigste ist, er ist bester Laune. Er hat gerade eine Transfusion bekommen und fühlt sich stark. An einem Samstagmorgen treffe ich mich im Krankenhaus mit der Familie. Alle sind aufgeregt und glücklich: Paul darf nach Hause. Er zieht seine Straßenkleider an, die er schon seit Wochen nicht mehr getragen hat. Sie schlottern um seine mageren Glieder. Die Hose sieht aus wie leer, das Hemd hängt lose an ihm herab. Ich sehe es, wir alle sehen es, aber wir sagen nichts. Paul ist ein wenig unsicher auf den Beinen. Aber es sind genug Arme und lächelnde Gesichter da, die ihn stützen.

1927 – Die fast bankrotte Filmgesellschaft Warner Brothers bringt Der Jazzsänger *mit Al Jolson heraus. Dem ursprünglich als Stummfilm gedrehten Film fügen sie vier Songs hinzu, Begleitmusik, eine Reihe von Geräuscheffek-*

ten und einige wenige lippensynchrone Sprechpassagen an Stelle der Zwischentexte. Dadurch gewinnt der Film an Tempo, die Handlung wird packender. Es ist ein Riesenerfolg. Die Ära des Tonfilms hat begonnen.

Damit wir etwas zu tun haben – uns die Zeit vertreiben, zeigen, dass wir alles unter Kontrolle haben –, räumen Paul und ich sein Zimmer um. Er gibt die Anweisungen, ich führe sie aus. Wir machen einen großen Jux daraus. Ich ächze und stöhne, als ich ein Buch aufhebe, dann verschiebe ich das Bett, als sei nichts dabei. Paul lacht.

Für das Jahr 1928 ist Paul an der Reihe – heute ist sein Geburtstag –, und es war ein gutes Jahr. Uneingeschränktes Wahlrecht für Männer und Frauen in Großbritannien; dreiundsechzig Länder unterzeichneten in Paris den Kellogg-Briand-Pakt, der Krieg als Mittel der Politik für völkerrechtswidrig erklärte; Amelia Earhart überquerte als erste Fliegerin den Atlantik; Alexander Fleming entdeckte das Penicillin und legte damit den Grundstein zur außerordentlich erfolgreichen Antibiotikabehandlung bei bakteriellen Infektionskrankheiten; Ravels *Bolero* war ein Welthit; der Kanadier Percy Williams war die Sensation bei den Olympischen Spielen in Amsterdam, wo er Goldmedaillen im Hundert- und im Zweihundertmeterlauf errang – da konnte es doch auch für die Roccamatios nur eine glückliche Episode sein. Alles Gute zum Geburtstag, Paul!

1928 – Die Welt erlebt den ersten Zeichentrickfilm mit Ton, Steamboat Willie *von Walt Disney. Star des Films ist ein lustiger und verschmitzter, sehr menschlicher Nager: Micky Maus.*

Paul zeigt mir ein paar Fotos. Auf einem sitzen zwei Jungen, um die fünfzehn, auf einem Haufen aus braunem und orangerotem Laub, in Jeans und dicken Pullovern. Beide blicken mit einem breiten, ein wenig irren Grinsen in die Kamera.

»Das da links ist James, mein bester Freund auf der Highschool.«

Er sagt mir nicht, wer der Junge rechts ist. Es liegt auf der Hand: Paul selbst. Ich kann einen überraschten Ausruf gerade noch unterdrücken. Aber ich starre das Bild an. Ich suche nach einer einzigen Ähnlichkeit – Haare, Kinn, Nase, das Funkeln in den Augen, irgendetwas –, aber ich finde nichts. Der Paul auf dem Foto und der Paul neben mir, das sind zwei verschiedene Menschen. Der Paul neben mir bemerkt meine Reaktion gar nicht. Nichts beschwört die Vergangenheit so sehr wie ein Familienalbum, lässt die Kranken wieder jung erscheinen, weckt die längst Verstorbenen wieder zum Leben. Diese Streiflichter auf eine gesündere Zeit, eine Zeit, in der die Haut noch glatt und Energie im Überfluss vorhanden war, muntern Paul auf. Ich behalte mein Entsetzen, als ich mir die übrigen Bilder von diesem blühenden, strahlenden Gespenst ansehe, für mich.

Wir machen einen Spaziergang, wenn es auch langsam geht. Er bewegt sich vorsichtig, ein wenig schleppend, tastet den Untergrund ab, damit er nicht stolpert. Es ist ein warmer Sommertag, die Luft ist lieblich. Er ist tief gerührt vom Grün der Rasenflächen und vom Säuseln des Winds in den Bäumen. Wir sitzen auf einer Parkbank. Ständig lässt er den Blick schweifen, bestaunt immer wieder neu die Natur. Alles ist tief empfunden, alles strahlt. Ich lasse mir für 1929 eine unserer schönsten Geschichten einfallen.

1929 – Das Comicbuch Tintin au Pays des Soviets *erscheint, ein Werk des Belgiers Georges Rémi, besser bekannt unter dem Namen Hergé. Weitere dreiundzwanzig Bände mit den Abenteuern des furchtlosen Reporters werden folgen. Die Illustrationen sind klar, kräftig in den Farben, sehr präzise, mit langen, gleichmäßigen Strichen gezeichnet, ohne Schattierung, ein strenger und doch lebendiger Stil, mit dem Hergé zum Vorreiter der »ligne clair« wird, der klaren Linie. Die Welt von Tim und Struppi wird Generationen verzaubern.*

Paul ist nun schon seit über zwei Wochen zu Hause. Das Haus ist wie ein Sonnensystem, und Paul ist die Sonne, der Mittelpunkt, um den die Planeten sich drehen. In jedem größeren Raum gibt es ein Sprechgerät, das mit den gleichen Geräten in den anderen Räumen des Hauses in Verbindung steht. Die Geräte sind ständig eingeschaltet. Jedes Rascheln, jedes Husten, jedes Wort des Sonnenkönigs wird überall in seinem Reich vernommen. Die Küche quillt über vor Sachen, die er aus einer Laune heraus bestellt. Medizinische Zeitschriften – er liest *Nature*, *Scientific American* und das *New England Journal of Medicine* – liegen auf Regalbrettern, Tischen, dem Fußboden; insgeheim verabscheuen seine Eltern diese Blätter, weil sie ihnen ein Gefühl der Machtlosigkeit geben, aber Paul studiert sie aufmerksam. Seine Sachen – ein Pullover, ein halb geleertes Glas Orangensaft, ein aufgeschlagenes Buch, Pantoffeln, ein angefangenes Kreuzworträtsel, ein Videospiel – lässt er überall liegen, nicht aus Nachlässigkeit, sondern weil er müde und vergesslich ist.

Das Leben im Haus, sofern es seine Eltern und seine Schwester betrifft, läuft geradezu militärisch ab: Alles wird zur festen Zeit und nach einer ausgeklügelten Routine getan. Abwechselnd wecken die Adjutanten den Oberbefehlshaber sanft um Punkt Mitternacht und verabreichen ihm sein AZT. Nicht weil sie sich eine Last teilen, sondern damit jeder einmal an die Reihe kommt.

Paul redet davon, dass er sein Studium wieder aufnehmen will, per Fernkurs oder, noch besser, als Teilzeitstudent an der Universität von Toronto. Wir sind begeistert. Als Hauptfächer schlägt er Philosophie und Filmwissenschaft vor.

1930 – Der amerikanische Astronom Clyde Tombaugh entdeckt den neunten Planeten unseres Sonnensystems, Pluto.

Die Roccamatios machen eine Woche Pause. Paul und seine Eltern fahren in ihr Ferienhaus an der Georgian Bay.

»Für meine weißen Blutkörperchen«, erklärt er mir. »Sie erholen sich einfach nicht. Viel Landschaft, viel frische Luft – das wird ihnen gut tun.«

Anscheinend lässt sein Optimismus nach.

Für 1931 wäre ich wieder an der Reihe, aber Paul bittet mich, ihm das Jahr zu überlassen. Meine Episode war trivial – es ging um das Spiel Criss-Cross-Words, das später Scrabble hieß und das der amerikanische Architekt Alfred Butts in jenem Jahr erfand –, und ich fühle mich ohnehin nicht recht wohl, also lasse ich ihn übernehmen. Bevor er sich verabschiedet, erzählt Paul mir noch ein kurze, rätselhafte Geschichte. Danach bin ich unglücklicher denn je.

1931 – Der aus Österreich stammende amerikanische Mathematiker Kurt Gödel stellt seinen Unvollständigkeitssatz vor und legt dar, dass es in jedem mathematischen System

Sätze gibt, bei denen aus den Axiomen innerhalb des betreffenden Systems weder die Wahrheit noch die Unwahrheit bewiesen werden kann, woraus folgt, dass die Grundannahmen der Arithmetik selbst Ursache von Widersprüchen sein können.

Jack und Mary bringen Paul in aller Eile nach Toronto zurück. Er krümmt sich vor Leibschmerzen. Sie fahren ihn geradewegs zum Krankenhaus.

Die Untersuchung ergibt fünfhundert weiße Blutkörperchen. Um Himmels willen. So gut wie überhaupt kein Immunsystem mehr. Er ist offen für jeden Angreifer.

1932 – Der sozialistische Realismus wird zur offiziellen Grundlage der Kunst in der Sowjetunion. Der Aufbau der klassenlosen Gesellschaft ist der einzige akzeptable Gegenstand für Kunstwerke jeglicher Art und das einzige Kriterium, nach dem dessen Wert bemessen wird. Das bringt Romane und Gemälde von makelloser Linientreue hervor – und stets gleich bleibender Mittelmäßigkeit.

Es ist lächerlich, so etwas gegeneinander abzuwägen, aber ich glaube, alles in allem könnte man leichter den Verlust eines Bruders verschmerzen als den eines Sohns. Ein Kind, das vor den Eltern stirbt, die Zukunft, die schon vor der Vergangenheit zu Ende ist – kann es etwas Anderes geben, was so sehr die Seele tötet? Das ist der Inbegriff der Hoffnungslosigkeit, etwas, das schlimmer ist als der Tod: Auslöschung. Alle haben wir damit zu kämpfen; am tapfersten hält sich noch Jennifer. Genau wie bei mir hat Pauls Krankheit auch bei ihr allen jugendlichen Übermut erstickt. Sie ist nachdenklicher, ernster, stiller. Sie erzählt mir, dass sie sich oft nachts Gedanken um die kleinen Risiken des Lebens macht und dann nicht schlafen kann. Und nicht um sich selbst, wie man meinen könnte, macht sie sich dabei Sorgen, sondern um ihre Eltern. Jetzt, wo Paul schwer krank ist, spürt sie einen sanften Druck von Jack und Mary: Liebe. Sie spürt, dass sie die beiden auf keinen Fall im Stich lassen und sterben darf. Sie steckt den Haartrockner nicht mehr im Bad ein, aus Angst vor einem elektrischen Schlag. Sie fährt nicht mehr Rad, aus Furcht vor offenen Gullydeckeln oder Autotüren, die sich plötzlich öffnen.

Ich will nicht an das Jahr 1933 denken. Ehrlich gesagt würde ich die ganze Roccamatio-Geschichte am liebsten sein lassen. Ich bringe ein Go-Spiel mit, ein fernöstliches Spiel, das mir ein Freund vor kurzem beigebracht hat. Die Regeln könnten nicht einfacher sein – man spielt mit schwarzen und weißen Steinen auf einem Raster aus Längs- und Querlinien, und es geht darum, ein größeres Territorium zu besetzen als der Gegenspieler –, aber das Spiel ist genauso komplex wie Schach, nur dem Anfänger leichter zugänglich. Ich glaube schon, ich hätte Paul geködert, da unterbricht er mich.

»Hast du nicht etwas vergessen?«

»Mir ist heute nicht danach.«

»Du hast gesagt, es ist das Einzige, was zählt.«

»Ja, schon – «

»Weißt du, was 1933 geschehen ist?«

»Das erste Jahr des New Deal in den Vereinigten Staaten.«

»Zweiter Versuch.«

»Der Rumba ist der letzte Schrei.«

»Und noch einmal.«

»King Kong und falsche Augenwimpern.«

Paul schnappt sich mein Jahr. Marco Roccamatio erlangt die Kontrolle über die von Orlando geführte Gruppe von Kleinaktionären und drängt Orlando aus dem Aufsichtsrat der aufstrebenden Firma, die sie bisher gemeinsam geführt haben.

1933 – Adolf Hitler wird deutscher Reichskanzler. In Potsdam wird das Dritte Reich ausgerufen. Das erste Konzentrationslager entsteht auf dem Gelände einer ehemaligen Munitionsfabrik im bayrischen Dachau.

Da Paul sich 1933 genommen hat, nehme ich stattdessen 1934, sein Jahr, behalte aber 1935. Ordnung muss sein. Und was gibt es Schöneres als ein neugeborenes Kind und die Liebe, die man zu ihm empfindet? Ich gebe die Geburt von Lars Roccamatio bekannt.

1934 – In einem armen frankokanadischen Farmhaus bei Callander im Norden Ontarios kommen die Dionne-Fünflinge zur Welt – Émilie, Yvonne, Cécile, Marie und Annette – und bleiben am Leben: Das erste Mal überhaupt, dass eineiige Fünflinge länger als ein paar Stunden leben. Die freudige Nachricht versetzt eine Welt, die nach freudigen Nachrichten lechzt, in Staunen und Begeisterung. Geschenke kommen von allen Seiten, Geld, Kleider, Nahrung, Muttermilch, Gerätschaften und gute Ratschläge. Das Rote Kreuz baut eine ultramoderne Krankenstation nur für sie, gleich gegenüber dem Bauernhaus. Aber die Leute sind nicht nur freigiebig, sie sind auch neugierig. Sie wollen diese wunderbaren Würmchen mit eigenen Augen sehen. Schon bald können sich die Dionnes vor Besuchern nicht mehr retten. Sie werden zur größten Touristenattraktion in ganz Kanada. Die Krankenstation wird erweitert und wird zum Mittelpunkt eines Komplexes namens »Quintland«, Fünflingsland. Mehr und mehr Besucher kommen, an manchen Tagen bis zu sechstausend, und sehen durch eine verspiegelte Glasscheibe den fünfen zu, wie sie durch ihr Spielzimmer krabbeln. Die Gesamtsumme dessen, was die Besucher ausgeben, wird auf fünfhundert Millionen Dollar geschätzt. Bald ist Callander weltweit die bekannteste Stadt Kanadas, und die dortigen Immobilienpreise schnellen in die Höhe. Hotels, Motels, Restaurants und Andenkenläden schießen wie Pilze aus dem Boden. Wer sich die Reise nicht leisten kann, sieht sich die fünf in ihren drei Hollywoodfilmen an, in den Wochenschauen von Fox-Movietone, auf den Umschlagbildern zahlloser Illustrierter oder in Anzeigen für die vielen Produkte, für die sie Reklame machen. Tag für Tag will die Welt neu wissen, wie es ihren fünf Lieblingen geht.

Zwei Tage darauf sorge ich mit einer Krise im Rathaus von Helsinki für Wirbel.

1935 – Der konservative Premierminister R. B. Bennett ruft zu landesweiten Wahlen auf. Unter allen kanadischen Regierungen seit der Konföderation ist seine am ehesten zur quasi-diktatorischen Ein-Mann-Show geworden. Er hatte versprochen, dass er die Probleme der Wirtschaftskrise lösen werde. »Ich sprenge einen Weg durch unsere Schwierigkeiten frei«, hatte er gesagt. 1935 bauen Leute, die sich kein Benzin mehr leisten können, die Motoren aus ihren Autos aus und spannen ein Pferd davor; solche Wagen heißen »Bennett-Buggies«. 1935 sehen die Kanadier nirgends einen Weg, den Bennett ihnen freigesprengt hat; eher finden sie, dass er ihnen im Wege steht. Die Konservativen erleiden die schlimmste Niederlage ihrer Geschichte, mit nur 40 Sitzen in einem Parlament von 245. William Lyon Mackenzie King wird wieder Premierminister.

Paul ist unaufmerksam. Ich höre, wie er schluckt. Ich blicke von den Notizen auf, die ich mir für meine Geschichte gemacht habe. Seine Augen sind feucht, die Lippen beben. Ich halte inne.

»Ooooh«, stöhnt er, »ich will doch einfach nur leben. Mehr will ich doch gar nicht.« Er weint. »Es – es ist mir egal, wenn nichts aus mir wird. Ich nehme jeden Job, den ich kriegen kann.«

Es ist nicht das erste Mal, dass diese Krise kommt, wir haben sie oft genug durchgestanden, aber in diesem Augenblick trifft sie mich, ich weiß nicht warum, vollkommen unvorbereitet. Ich gerate in Panik. Ich erhebe mich von dem Stuhl neben seinem Bett. Ich gehe zur Tür (um Hilfe zu holen?). Ich setze mich wieder. Ich stehe auf. Ich setze mich auf sein Bett.

»Ich w-will doch nur ein bisschen Zeit.«

Ich möchte etwas sagen, aber ich bringe die Worte (welche Worte?) nicht heraus. Ich möchte weinen, aber das wäre nicht gut. Ich stehe wieder auf. Ich greife zu dem Wasserglas auf seinem Nachttisch.

»Das ist so *un*fair.«

Ich blicke zum Fenster hinaus (sollte ich die Vorhänge vorziehen?). Ich setze mich auf den Stuhl.

»Wenn ich doch we-henigstens eine Freundin hätte.«

Ich stehe auf. Ich stelle das Glas zurück auf den Tisch. Ich setze mich aufs Bett. Ich lege meine Hand auf die seine.

»Ich kann einfach nicht mehr. Ich *kann* nicht mehr.«

Ich blicke zur Tür. Ich blicke zu seiner Bettdecke (sollte ich sie geradeziehen?). Ich blicke zu ihm.

»Paul« – endlich bringe ich ein paar Worte hervor –, »Paul, du darfst nicht aufgeben. Du musst durchhalten, bis sie ein Heilmittel finden. Milliarden Dollar werden weltweit in die Forschung gesteckt, in den USA, in Frankreich, in Deutschland, in Holland, hier in Kanada, überall. Die Wissenschaft arbeitet so fieberhaft daran wie nie zuvor an etwas. Ein riesiges Manhattan-Projekt der Medizin. Tag für Tag werden neue Entdeckungen gemacht. Das weißt du; du liest doch schließlich die ganzen Fachzeitschriften. Die Zeit arbeitet für dich, Paul. Aber du darfst nicht aufgeben.«

Er beruhigt sich wieder. Wir reden noch ein Weilchen. Er schläft ein. Ich nehme ein paar Änderungen an meiner Geschichte vor und erzähle sie flüsternd, damit ich ihn nicht wecke.

1935 – Immer noch Wirtschaftskrise, schlimmer denn je.

Bei der Rückfahrt stehe ich auf der 401 im Stau. Ich kann nicht glauben, dass ich das wirklich gesagt habe. »Die Zeit arbeitet für dich.« Mist.

1936 – Der spanische Bürgerkrieg beginnt. Er ist beispiellos in seiner Grausamkeit.

Jack verkraftet es nicht. Er gehört zur Kriegsgeneration, ein Mann, der zupacken kann. Seine Lebensgeschichte ist so geradlinig wie eine Eisenbahntrasse, seine Lohntüte so schwer wie eine Lokomotive, und seine Emotionen sind so dezent wie ein Erste-Klasse-Abteil. Er war glücklich, aber es war ein Glück, das auf festen Stützen stand. Als eine Bombe diese Stützen zum Einsturz brachte, stürzte auch er. Er ist derjenige in der Familie, der am schlechtesten mit Pauls Krankheit fertig wird. Seine Gefühle sind ein führerloser Zug. Er müht sich, es wegzustecken, alles unter Kontrolle zu behalten, will sich nützlich fühlen. Er ist ein zerbrechlicher Mann geworden, die Augen hohl, das Haar fast weiß. Auch er nimmt Antidepressiva, genau wie sein Sohn.

1937 – Japanische Invasionstruppen in China erreichen die Hauptstadt der Nationalregierung. Sie plündern Nanking. Im Laufe der nächsten sechs Wochen wird über ein Drittel der Stadt zerstört, etwa dreihunderttausend chinesische Einwohner und Soldaten, die sich ergeben haben, werden umgebracht, Zehntausende von Frauen vergewaltigt.

Paul hat wieder eine Transfusion bekommen. Eine Zeit lang fühlt er sich stark und – die unmittelbare Folge – euphorisch. Für 1938 erwarte ich eine Episode, die von der Reichskristallnacht inspiriert ist, dem brutalen Pogrom, das auch dem Letzten die Augen darüber öffnet, was in Deutschland mit den Juden geschieht; aber er überrascht mich.

»Meine Geschichte wird dir gefallen«, sagt er. Und das stimmt.

1938 – Der aus Ungarn stammende Argentinier Lazlo Biro erfindet den Kugelschreiber.

Untersuchungen, Untersuchungen. Ergebnis schlecht: zu wenig Sauerstoff im Blut. Womöglich ein neuer Ausbruch von PCP. Seine Lunge ist sehr anfällig, und er fürchtet sich; er atmet schnell und flach. Er will nicht darüber reden, aber dass es uns beiden durch den Kopf geht, ist offensichtlich. Ich muss genau überlegen, was ich sage.

1939 – Der litauische Präsident Antanas Smetona protestiert in seiner letzten Rundfunkansprache gegen die Annexion seines Landes durch die Sowjetunion. Diese wird mit größter Brutalität durchgesetzt – Ende der vierziger Jahre sind ein Viertel der Gulag-Häftlinge Litauer. Smetona will seine Ansprache nicht auf Litauisch halten, denn das versteht außerhalb seines kleinen Landes niemand, aber er will auch nicht in der Sprache seiner Unterdrücker reden, Deutsch oder Russisch. Smetona hält seine letzte Ansprache auf Latein.

Ich mache einen Rundgang durch das Krankenhaus. Ich will sehen, worauf ich mich einstellen muss. Etwas wird geschehen. Ich atme tief durch. Man hat schon von den unglaublichsten Remissionen gehört. Bei manchen Krebsfällen zum Beispiel, die als aussichtslos galten. Warum nicht auch hier? Leute liegen in ihren Betten. Sie sehen mich an, als ich vorübergehe, recken die Hälse nach mir, reißen die Augen auf. Warum sind sie hier? Sind sie auch *positiv*? Ich will es gar nicht wissen. Ich gehe eine Treppe hinunter, zurück zu Pauls Station. Es gibt Kranke, die durch ein Wunder wieder gesund werden. Das steht fest. Sein Körper ist doch noch so jung, er war so kräftig. Am Ende des Ganges sehe ich einen Mann um die sechzig, der auf einem Stuhl am Fenster sitzt und sich sanft vor und zurück wiegt. In der Hand hält er eine kleine braune Papiertüte. Irgendein Mitbringsel, nehme ich an. Er ist unauffällig gekleidet und wartet mit der stillen Geduld des ewig Benachteiligten. Väterchen, wo ist dein Sohn, deine Tochter? Bei einer Untersuchung? Einem Test? Oder im komaartigen Schlaf? Und was war es? War es Sex? Eine gemeinsame Nadel? Ich sehe den Mann an, und der Gedanke, wie unbedeutend er ist, überwältigt mich. Ein Verlierer. Er könnte sterben, sein Sohn, seine Tochter könnte sterben, und es wäre der Welt vollkommen egal. Ein Begräbnis ohne Trauergäste, ein paar Tüten mit Kleidern in einer Zimmerecke, ein leeres Bett – mehr nicht. Kein großes Werk, das unvollendet bleibt, kein Eindruck, der bleibt, ja kaum Erinnerungen. Aber ich sehe auch, wie dieser unbedeutende Mann leidet. Ich sehe die Einsamkeit seines Schmerzes. Ich kann noch nicht zu Paul zurück. Ich gehe weiter.

1940 – Dr. Karl Brandt erhält einen Brief von höchster Stelle, nur ein einziger Absatz. »Reichsleiter Bouhler und Dr. med. Brandt sind unter Verantwortung beauftragt, die Befugnisse namentlich zu bestimmender Ärzte so zu erweitern, dass nach menschlichem Ermessen unheilbar Kranken bei kritischster Beurteilung ihres Krankheitszustandes der Gnadentod gewährt werden kann.« Aktion T4 – (Paul hält in seinem Vortrag inne. »Nicht zu fassen. T4 steht für Tiergartenstraße 4, die Adresse in Berlin, wo die zuständige Behörde saß, und exakt die gleiche Bezeichnung haben die Zel-

len im Immunsystem, die von den HIV-Viren zerstört werden. Ein unglaublicher Zufall, nicht wahr?«) – Aktion T4 beginnt. Grafeneck, ein von den Samaritern betriebenes Heim für Körperbehinderte, wird übernommen und umgewandelt, das erste von sechs Euthanasiezentren. 10.654 »unheilbare« Patienten werden dort getötet, meist geistig Behinderte, Männer, Frauen und Kinder, aber auch Körperbehinderte und andere nach den Maßstäben der Nazis »nutzlose Esser«. Die Männer, die die Opfer abholen, tragen weiße Kittel, um die medizinische Fassade aufrechtzuerhalten. Getötet wird zunächst mit Giftspritzen oder Nahrungsentzug, dann mit Giftgas, das in als Duschen verkleidete Kammern geleitet wird. Die Angehörigen erhalten »Trostbriefe«, von Ärzten unterzeichnete falsche Totenscheine und eine Urne mit Asche. Aktion T4 fordert über 70.000 Menschenleben. Nach Protesten von kirchlichen Organisationen wird sie offiziell im August 1941 eingestellt, aber insgeheim läuft das Programm weiter, und weitere 130.000 Personen finden bis Kriegsende den Tod. Technik, Wissen und Fachkräfte kommen auch im Ausland zum Einsatz, in Polen zum Beispiel, wo die Nazis andere Pläne haben.

Mary hat ein gewisses Maß an Abwehrkräften entwickelt. Sie hat Hoffnung. Und wenn diese Hoffnung schwindet, wenn das Undenkbare sich in ihr Bewusstsein drängt, dann scheint sie eine Kraft in ihrem Inneren zu entdecken und kann, wenn auch traurig und bedrückt, doch weitermachen. Besser als Jack jedenfalls. Vielleicht ist es Frömmigkeit, ich weiß es nicht. Ich rede nie über Religion. Ich will nicht derjenige sein, der anderen die Krücken wegstößt, die sie stützen.

1941 – Marschall Pétain führt in Frankreich den Muttertag ein.

Eine Lumbalpunktion sollte eigentlich nicht wehtun – letztes Mal tat sie es auch nicht –, aber Paul stößt einen Schrei aus. Sie müssen zweimal ansetzen, bevor die Nadel richtig sitzt. Ich spiele den starken Mann – ich blicke Jack und Mary fest in die Augen und erkläre ihnen, dass es gar nicht wirklich wehtut, dass er nur überempfindlich ist, dass es die Sache wert ist, dass es Anhaltspunkte für die Diagnose liefern wird, dass es nicht mehr lange dauern wird, und alles kommt wieder in Ordnung –, ich spiele den starken Mann, aber als ich mir einen Becher Wasser nehme, zittert meine Hand so sehr, dass ich alles verschütte. Ich beuge mich vor und trinke aus dem Hahn.

Er ist zurück in seinem Zimmer, liegt auf der Seite, vollkommen erschöpft. Ich sehe die Bartstoppeln auf seinem bleichen Totenkopfgesicht. Jeder steht für sich. Ich könnte sie zählen, wenn ich wollte, unterhalb der Schläfen, am Kinn, ein paar noch an der Oberlippe.

»Du solltest dich rasieren«, sage ich, um etwas Harmloses zu sagen.

Er blinzelt ein paar Mal, bevor er antwortet. »Ich rasiere mich nicht mehr.«

Er fühlt sich zu schwach dazu. Aber ich vermute, es hat noch einen anderen Grund: Weil er sein Kopfhaar verliert und es nicht mehr wiederkommt. Es geht ihm in Büscheln aus. Deshalb will er sich jetzt von keinem Haar, das noch da ist, mehr trennen.

Nur mit Mühe unterdrücke ich die Tränen. Dass er sein Rasierritual aufgibt, ist ein entsetzlicher Schlag für mich. Mit knochigen Fingern umklammert er die Blätter mit seinen Notizen. Ein Blatt liegt auf seinem Bett, der Titel »Die Wannseekonferenz« säuberlich unterstrichen. Fünfzehn Männer, ranghohe Bürokraten aus den zuständigen Abteilungen und Ministerien des Nazisystems, treffen sich in der Berliner Vorstadt und planen die »Endlösung der Judenfrage«. Die Einsatzgruppen können ihre Arbeit nicht mehr bewältigen, und sie bringen auch zu viel Unruhe in die Bevölkerung. Statt mobiler Mordkommandos werden nun die Opfer mobilisiert. Ein Paradigmenwechsel. Als unmittelbare Folge der Konferenz werden die Vernichtungslager Belzec, Sobibor und Treblinka errichtet, und bestehende Lager wie Auschwitz, Chelmno und Majdanek, alle mit eigenem Bahnanschluss, verstärken ihre Aktivitäten. Die neuen Lager werden von Veteranen der Aktion T4 geleitet und sind äußerst effektiv. Belzec zum Beispiel arbeitete in den zehn Monaten, in denen es aktiv war, mit einer SS-Belegschaft von nur dreißig Mann unter Mithilfe von hundert ukrainischen Kriegsgefangenen, und sie brachten über sechshunderttausend Juden um, Männer, Frauen und Kinder.

Paul ist zu erschöpft. »Ich kann es nicht«, stöhnt er. »Wir lassen die 42. Folge aus. 1942 wird das Jahr des Nichts.«

Wie könnte man da noch Geschichten erzählen?

»Einverstanden«, sage ich. Ich fühle mich dumpf, dumpf, dumpf.

1942 – Das Jahr des Nichts

Die Untersuchungsergebnisse sind da. Paul hat in seiner Rückenmarksflüssigkeit einen Pilz namens *Cryptococcus neoformans*. Es besteht das Risiko einer Meningoenzephalitis.

Sein Gehirn könnte infiziert werden. Die Ärzte werden es genau im Auge behalten. Beim kleinsten Anzeichen bekommt er Amphotericin B und Flucytosin. Er ist merkwürdig ruhig. Ich möchte alles vergessen. Ich möchte eine Million Meilen weit fort von alldem sein.

1943 – Émile Gagnan und Jacques Cousteau entwickeln das erste tragbare Unterwasser-Sauerstoffgerät. Sporttauchern eröffnet sich eine neue Welt.

Seine Erzählung ist eher gehaucht als gesprochen. Ich kann jeden Atemzug an meiner Wange spüren. Ich habe soviel Energie im Vergleich zu ihm, ich bin so gesund. Ich komme mir überheblich vor. Zum Ausgleich mache ich es wie Leute, die sehr groß sind und deshalb gebeugt gehen: Ich gehe mit gebeugter Gesundheit.

1944 – Antoine de Saint-Exupéry, der Verfasser des Kleinen Prinzen, *wird auf einem Erkundungsflug über dem Mittelmeer abgeschossen.*

Paul soll kein AZT mehr nehmen – die Nebenwirkungen sind zu stark. Ihm ist das recht, denn ohne wird er sich besser fühlen. Mich trifft die Ankündigung wie ein Hieb. Sie versuchen gar nicht mehr, die Fiktion einer Heilung aufrechtzuerhalten. Ich sitze an seinem Bett, ringe um Fassung. Meine Kehle ist wie zugeschnürt, die Augen brennen. Ich habe meine Episode gut vorbereitet, wie immer. Monika Roccamatio sitzt in einem Zug, allein in ihrem Abteil, bis ein vornehmer älterer Herr mit entstelltem Gesicht, einen Spazierstock in der Hand, hinzukommt und Platz nimmt, und nach einer Weile kommen sie ins Gespräch. Aber aus einer Laune heraus ändere ich den historischen Bezug und die Geschichte. Es ist die kürzeste aller Roccamatio-Geschichten, ein Mord. Der Mann erwürgt Monika. Der Mörder entkommt, am Ende sieht man ihn über ein Feld davonlaufen. Es ergibt keinen Sinn, weder psychologisch noch praktisch. Wie kommt der Mann aus dem fahrenden Zug? Das wird nicht erklärt. Aber Paul gefällt es.

1945 – Am 6. August um 8 Uhr 15 morgens wird die japanische Stadt Hiroshima als weltweit Erste von einer Atombombe getroffen. Die Bombe mit dem Spitznamen »Little Boy« wird von der Enola Gay abgeworfen, einem B-29-Bomber der US Air Force. Die Bombe explodiert mit einem grellen Blitz in der Luft, gefolgt von einem tosenden Sturm und ohrenbetäubendem Donner. Die lautesten Geräusche danach kommen von den zusammenstürzenden Häusern und den prasselnden Feuern. Achtzigtausend Menschen sind auf der Stelle tot. Viele weitere werden an ihren Verletzungen und an der Strahlenkrankheit sterben.

Nach dem Besuch im Krankenhaus ziehe ich durch die Straßen Torontos. Ich lese die Schlagzeilen an einem Zeitungskiosk – Blutvergießen in Sri Lanka, im Westjordanland, in Haiti, Iran, Irak; der Ku-Klux-Klan gewinnt eine Wahl in Louisiana; ein Wissenschaftsmagazin schlägt Alarm wegen des Zustands der Weltmeere –, und sie kommen mir gerade recht. Das löst die Lawine aus. Die Welt ist voller Metastasen! Der Mensch ist ein Fehlschlag der Natur! Die Umwelt ist unser größter Feind! Lang lebe der Treibhauseffekt, der saure Regen! Nieder mit der Tierwelt! Wir sind für schrumpfenden Regenwald und die Ausdehnung der Sahara, wir legen die Ozeane trocken. Was an Vorräten ausgeht, wird durch Mangel ersetzt. Alles wird besser durch Umweltverschmutzung und Menschenblut. Wir sind hier, um zu reinigen: Wir befreien die Erde von der Last des Lebendigen! Tod ist unsere Bestimmung, Zerstörung unser Talent. Ein dreifaches Hurra auf den Krieg! Ein Hoch auf die Armut! Buh Amnesty International und Spitzmaulnashorn und Mutter Teresa! Wir setzen auf Pol Pot und den Leuchtenden Pfad! LANG LEBE DER TOD! TOD DER INTELLIGENZ!

Ich sehe mich um. Ich bin auf der Bloor Street, nicht weit von Brunswick. Ich stehe vor einem libanesischen Imbiss. Ein strahlender, sonniger Nachmittag. Ich habe Hunger. Ich gehe hinein und bestelle eine Falafel-Pita. Ich sehe dem Mann hinter dem Tresen zu, wie er sie macht. Ich merke, wie die innere Anspannung nachlässt. Ich zahle und ziehe weiter, immer die Straße entlang. Ein kleiner Supermarkt hat ein Anschlagbrett im Eingang hängen. Ich sehe mir die Zettel an: Reklame, verschwundene Katzen, Yogakurse, gebrauchte Möbel, Mitbewohner oder Schlagzeuger gesucht, Babysitter zu haben, all die kleinen Zeichen von Mitmenschlichkeit und Geschäftssinn, die auf so einem Brett zusammenkommen. Ich ziehe weiter. Ich komme an einem Café vorbei. All die schönen Menschen. Die Serviererin ist eine Blondine, ganz in Schwarz mit schwarzer Hornbrille. Sexy. Ein Penner kommt und bittet mich um ein paar Münzen. Ich frage, was er damit machen will. »Für die Hungernden in Afrika«, sagt er. Ich gebe ihm einen Dollar. Er torkelt davon. Ich ziehe weiter. Vor dem Schaufenster eines Antiquariats bleibe ich stehen. All die interessanten Bücher.

Ich gehe hinein und kaufe Thornton Wilders *Die Brücke von San Luis Rey* und einen Kurzgeschichtenband des italienischen Autors Dino Buzzati. Ich ziehe weiter und sehe mir mehr Läden, mehr Leute an. Schließlich ist die Attacke vorüber. Ich bin benommen. Was sind wir nur für seltsame, unergründliche Gestalten. Den Rest des Nachmittags wandere ich über die Bloor Street wie ein Fisch, der ein Korallenriff absucht.

Aber versteht mich nicht miss: Ich habe nur einfach eine Möglichkeit gefunden, die Katastrophe zu genießen.

1946 – In Indochina bricht der Krieg zwischen der Kolonialmacht Frankreich und den Truppen von Ho Chi Minh aus. Die USA treten schließlich die Nachfolge der Franzosen an, und in wechselnder Gestalt zieht sich der Vietnamkrieg noch bis zum Jahr 1975 hin.

»Sieh dir das an«, sagt Paul. Mit dürren Fingern tastet er vorsichtig nach der Oberseite seines Schädels. Er bekommt eine Haarsträhne zu fassen. Er zieht. Einen Augenblick lang leisten die Wurzeln Widerstand, dann hat er die Strähne in der Hand. »Es ist ein ganz merkwürdiges Geräusch. Du kannst es nicht hören, aber es ist ein ganz merkwürdiges Geräusch in meinem Kopf.«

1947 – Als Vorspiel zum Ende der britischen Herrschaft wird Indien in zwei Teile geteilt, ein Zugeständnis an die Ängste und Ambitionen der Hindus und Moslems des Subkontinents. So erlangt Indien Unabhängigkeit, und Pakistan entsteht. Geographisch gesehen ist Pakistan eine Un-

möglichkeit: Ostpakistan (das heutige Bangladesch) liegt über tausend Meilen von Westpakistan entfernt. Und schlimmer noch, die neuen Grenzen verlaufen durch die von einem unversöhnlichen Bevölkerungsgemisch bewohnten Provinzen Pandschab und Bengalen und verschärfen den ohnehin schon gewalttätigen Konflikt zwischen den dortigen Hindus und Muslimen. Gewaltige Flüchtlingsströme ziehen durchs Land. Sieben bis acht Millionen Muslime verlassen Indien und ziehen nach Pakistan. Etwa die gleiche Zahl von Hindus unternimmt die Reise in umgekehrter Richtung. Entsetzliche Gräueltaten geschehen. Über zweihunderttausend Menschen kommen um.

Pauls Welt wird immer enger. Auslandsreisen stehen nicht mehr zur Debatte. Schon ein Besuch zu Hause ist eine Reise. Jeder Schritt aus dem Krankenzimmer ist eine Reise. Er hat kaum noch die Kraft zum Gehen; er schafft es ins Bad, um sich zu erleichtern, und manchmal ist selbst das zu viel. Mehr und mehr wird der Rand seines Bettes sein Horizont.

1948 – Gandhi wird von einem fanatischen Hindu ermordet.

Jack hat sich immer mit Lokalgeschichte beschäftigt, aber seit Paul so krank ist, ist es zur Leidenschaft geworden. Der Family Compact, der Durham-Report, der eiserne Sir Francis Bond Head, der große Sir Isaac Brock (»Wusstest du, dass er von den Kanalinseln stammt?«, fragt er mich) – solche Sachen faszinieren Jack immer wieder neu, und er teilt diese Begeisterung mit mir; ich höre aufmerksam zu und stelle kluge Fragen, auch wenn es nichts gibt, was mich weniger interessiert als der Family Compact, der Durham Report, der eiserne Sir Francis Bond Head oder der große Sir Isaac Brock (»Jersey?« »Nein, Guernsey.«). Ich liebe diesen Mann, weil er so leidet. Wenn wir von der Schlacht von Queenston Heights reden oder dem tragischen Tecumseh oder dem unermüdlichen John Graves Simcoe, habe ich hinterher den Eindruck, dass wir eigentlich die ganze Zeit über Paul geredet haben.

1949 – Die Volksrepublik China wird gegründet, mit Mao Tse-tung als Parteivorsitzendem. Endlich ist China wieder ein unabhängiges Land.

Wenn nur der Schmerz nicht so groß wäre.

1950 – Unter den gleichgültigen Augen der Welt fällt China in Tibet ein.

Paul leidet an Schluckauf. Die krampfartigen Zuckungen erschöpfen ihn vollkommen. Er hat weder die Kraft wach zu bleiben, noch reicht sie zum Einschlafen. Er schwebt in einem entsetzlichen Zwischenreich. Die Ärzte versuchen es mit Medikamenten, dann mit Hypnose. Sie sind beunruhigt.

Sechs Tage lang machen die Roccamatios Zwangspause.

Aber als die Dinge schlechter denn je stehen, bessert seine Lage sich plötzlich. Es beginnt eine Phase, in der Paul zwar erschöpft, doch in stabilem Zustand ist. Es ist ein Wunder, aber der Schluckauf hat aufgehört. Und auch der

Durchfall, fast. Seine Lunge – immer ein Grund zur Sorge: Im Hospital ist ein Mann, der siebenmal an PCP erkrankte – ist in Ordnung. Das Interferon Alpha ist schon lange abgesetzt, und die Kaposi-Male breiten sich aus, aber der nächste Spiegel ist weit, und er ist auch viel zu müde, um sich darum noch zu kümmern; das Sarkom ist die am wenigsten schmerzhafte unter seinen Erkrankungen. Er bekommt eine permanente Infusion, eine hydrierende Lösung mit Vitaminen und Mineralien, er schläft viel und verlässt kaum noch das Bett. Wie eine Schwangere packen ihn plötzliche Gelüste nach bestimmten Nahrungsmitteln, aber er kann sie kaum noch essen, bricht vieles wieder aus.

Das Jahr 1950 – die fünfzigste Episode – ist das Letzte, für das Paul allein die Verantwortung übernimmt. Er hat nicht mehr die Kraft, sich zu konzentrieren. Er liest nicht mehr, er denkt sich nichts mehr aus. Er mustert nur noch kritisch die Produkte meiner Fantasie. Da ist es eine Erleichterung für mich, dass er so schnell ermüdet. Er schläft immer wieder ein, manchmal mitten im Satz. Er will nicht schlafen; sein geschwächter Körper lässt ihm keine Wahl. Oft lasse ich ihn ruhen, warte, bis er aufwacht, und fahre dann mit meiner Geschichte fort, aber bei den späteren Jahren flüstere ich weiter, auch wenn ich weiß, dass er schläft.

1951 – Die arabische Liga fordert ihre Mitgliedsstaaten auf, die Wirtschaftsblockade gegen Israel zu verstärken und es vor allem von der Ölversorgung abzuschneiden.

Das Wasserlassen bereitet Paul Schmerzen. Die Ärzte überprüfen den Katheter. Alles in Ordnung. Eine Infektion der

Harnröhre. Selbst dieses kleine Vergnügen wird ihm verwehrt.

1952 – Der Oberste Gerichtshof von Südafrika lehnt das von Premierminister Daniel F. Malan eingebrachte Rassentrennungsgesetz ab. Das Prinzip der Apartheid hatte die Beziehungen zwischen den Rassen schon geprägt, lange bevor im Jahr 1910 die Südafrikanische Union entstand, aber bisher war die Praxis noch nie so sehr in allen Einzelheiten geregelt worden. Kurz nach dem Gerichtsentscheid stimmt das Parlament für eine von der Regierung betriebene Gesetzesänderung, die die Kompetenzen des Obersten Gerichtshofs beschneidet. Malan und seine Nachfolger Johannes Strijdom und Hendrik Verwoerd bauen die Apartheid weiter aus.

Paul isst nichts mehr. Manchmal lutscht er an einem Eiswürfel. Ich komme ins Zimmer, gedankenlos einen Schokoladenriegel in der Hand. Paul starrt mich an, meine Finger, meinen Mund. Er ist nicht hungrig, aber die Erinnerung, wie er selbst Schokolade gegessen hat, weckt den Wunsch danach. Ich weiß, wenn er davon isst, wird er es wieder herauswürgen. Aber wie er mich ansieht. Ich nehme ein Stück, nur einen Krümel mit ein klein wenig Karamell daran, und lege es ihm auf die pelzige Zungenspitze. Er zieht die Zunge ein. Ein paar Sekunden vergehen. Ich male mir aus, wie der Krümel im Mund zergeht, wie Speichel ihn auflöst. Plötzlich atmet er heftig und öffnet den Mund – ihm ist schlecht! Ich fahre mit dem Finger über die Zunge und entferne den ekelerregenden Krümel. Einen anderen Finger stecke ich in ein Glas auf seinem

Nachttisch und befeuchte ihm die Zunge mit ein paar Tropfen Zitronenwasser. Er hat die Augen geschlossen. Es ist offen, ob Übelkeit und Schmerz oder Erschöpfung die Oberhand behalten. Ich warte. Er schlägt die Augen auf. Es ist in Ordnung. Ich lächle.

»Sowieso ungesund«, sage ich. »Die Zähne.«

»Pickel bekommt man auch davon.« Er bringt ein Lächeln zustande.

Er ist in guter Verfassung. Ich habe zwei Geschichten vorbereitet. Ich nehme die schönere. Auf einem in Turku veranstalteten landesweiten Diskussionswettberwerb der Hochschulen schlägt Georgio Roccamatio sich hervorragend in einer Debatte mit dem Thema »Ist das Fernsehen gut für die Demokratie?« und erhält den Kekkonen-Preis, den Präsident Koivisto ihm höchstpersönlich überreicht.

1953 – Dag Hammarskjöld wird zum Generalsekretär der Vereinten Nationen gewählt.

Die Transfusion geht langsam voran, sie braucht ihre Zeit, aber Pauls Körper verkraftet den Schock. Er fühlt sich besser.

Dann spuckt er Blut.

»Innere Blutungen«, erklärt die Schwester.

Ich kann die Augen nicht abwenden. Ich starre es immer weiter an. Das Bettzeug und Pauls Hand sind verschmiert mit Blut und einer klaren Flüssigkeit. Die Schwester zieht Kunststoffhandschuhe an, in einem grässlichen durchschimmernden Weiß. Plötzlich bekomme ich Angst – vor Pauls Blut, vor Paul selbst. Ich murmle, dass ich gleich zurück bin, und gehe hinaus. Ich laufe zur Toilette. Ich schließe mich ein. Ich kremple die Ärmel hoch, dann überlege ich es mir anders und ziehe das Hemd aus. Jemand klopft. Verdattert sehe ich die Tür an. »Besetzt«, stammele ich. »Hier ist keiner.« Mit heißem Wasser und viel Seife wasche ich mir Hände, Arme und Gesicht. Ich halte mir die Hände vors Gesicht und inspiziere jeden Quadratmillimeter und suche die kleinste Schrunde, die kleinste abgeschürfte Stelle.

»Ich habe so ein« – Pause – »Brennen in mir«, flüstert Paul, als ich wieder zurück bin. Ich lege die Hand auf das Betttuch, fahre ihm sanft über die Brust, zum Zeichen, dass ich Anteil nehme an diesem Brennen. Aber in Wirklichkeit will ich ihn nicht anfassen. Zu Hause lese ich dann noch einmal nach, zum hundertsten, zum tausendsten Mal, dass es keinerlei Indiz gibt, dass die Krankheit durch gewöhnliche Berührungen übertragen wird.

1954 – William Goldings Roman Der Herr der Fliegen *erscheint. Er erzählt die Geschichte einer Gruppe von Schuljungen, die ein Flugzeugabsturz auf eine Pazifikinsel verschlägt. Zuerst kommen sie bestens miteinander aus und arbeiten gemeinsam zum Wohle aller. Doch bald degeneriert die Gesellschaft zu Brutalität und Mord. Jack reißt die Herrschaft an sich.*

Nicht im Bett, das steht fest. Ich habe mir meine Gedanken gemacht. Besser mit einem Knall als mit einem Winseln. Besser ein Autounfall, kreischendes Blech, splitterndes Glas, besser als schleichend im Bett. Besser gar kein Abschied als ein langsamer. Besser eine Kugel als ein langsamer Tod. Alles, nur nicht im Bett.

1955 – James Dean stirbt bei einem Autounfall.

Paul hat Schmerzen. Sie kommen ganz unvermittelt. In einem Augenblick geht es ihm gut, im nächsten windet er sich. Ich kann nichts tun, nur zusehen und abwarten.

»Es tut so weh«, stöhnt er (was tut weh? und wo?) und starrt mich an. Er hängt an einem Abgrund. Die Augen, in die wir uns blicken, sind wie aneinander geklammerte Hände. Wenn ich den Blick abwende, stürzt er in den Tod. Aber ich wende ihn nicht ab.

1956 – Die Sowjetunion marschiert in Ungarn ein, um das Land, das nicht mehr im Takt des totalitären Systems marschieren wollte, zur Raison zu bringen. Im Land werden beträchtliche Verwüstungen angerichtet, und Zweihunderttausend fliehen in den Westen.

Paul ruht sich aus. Jedenfalls hat er die Augen geschlossen. Von dem leisen Atem abgesehen ist alles still. Ich sitze reglos da, die Arme verschränkt, die Beine übereinander geschlagen. Am liebsten würde ich schreien.

Er wacht auf. Ich lächle unglücklich.

»Hallo«, sage ich.

Den heutigen Tag hat er sich ausgesucht, um über Gott zu reden.

»Glaubst du an Gott?«, flüstert er.

Ich bemerke den Ton, in dem er fragt.

»Ja, das tue ich.«

Es folgt eine Pause.

»Ich glaube, ich auch.« Hastig gesprochen. Er scheint

erleichtert. Kleine Schweißperlen stehen ihm auf der Stirn. Beim Schlucken schließt er jedes Mal die Augen. Er hat all unsere gottlosen Debatten auf der Universität vergessen.

»Für mich ist Gott allgegenwärtig«, füge ich hinzu. »In allem Leben und aller Materie.«

»Für mich auch.«

»Es gab keinen Augenblick in unserem Leben, in der wir nicht bei Gott waren, und es wird auch nie einen solchen Augenblick geben.«

»Das ist wahr.«

»Er sorgt für uns alle.«

Er schluckt, dann schläft er ein.

1957 – Nachdem alte Verleumdungen, die ihn des Kommunismus bezichtigen, im US-Kongress wieder aufgebracht werden, begeht der kanadische Botschafter in Ägypten, Herbert Norman, ein angesehener Japanexperte, Selbstmord, indem er sich vom Dach eines Apartmenthauses in Kairo stürzt. Wieder ein Kanadier, der dem McCarthy-System zum Opfer fällt.

Ich schaue im Büro des Krankenhauspfarrers vorbei. Ich sage der Sekretärin, dass Patient Paul, Abteilung So-und-so, Zimmer So-und-so, wohl einen Besuch von Bruder Kaplan zu schätzen wüsste. »Aber nicht übertreiben«, würde ich am liebsten dazusagen. »Wir wollen schließlich nicht, dass er den *Wachtturm* liest, nicht wahr?« Statt dessen frage ich nur, wann der Kaplan im Hause ist, damit ich es so einrichten kann, dass ich ihm nicht begegne.

»Wieso esse ich nichts mehr?«, fragt Paul. »Sie sollten

mir irgendwas geben, damit ich Appetit bekomme, findest du nicht auch? Ich sollte doch essen, oder?«

Bevor ich antworten kann, nickt er wieder ein. Neben sich hat er die jüngste Mahlzeit stehen, unberührt.

1958 – Auf massiven Druck der Sowjetregierung lehnt Boris Pasternak den Nobelpreis für Literatur ab.

Was für eine Krankheit. Es ist so gut wie nichts mehr von ihm da. Haie hätten mehr von seinem Körper übrig gelassen. Flammen könnten ihn nicht schlimmer entstellen. Aber die Krankheit lässt sich Zeit, es gibt keinen raschen Schubs in die Ewigkeit. Nur gnadenlose Auszehrung. Er liegt ganz unten in seinem Bett. Er wiegt noch achtundsiebzig Pfund, und täglich wird es weniger. Er kann nicht mehr gehen. Er hat keine Gewalt mehr über Blase und Darm. Er atmet unter Mühen. Sein Schädel ist so kahl wie ein Fußball. Er ist so zergangen von dieser Krankheit, dass er mir vorkommt wie etwas, das man in der Mülltonne findet – verdorbenes Fleisch, überreifer Käse, schimmliges Brot, faulendes Obst –, doch aus all dieser Verwesung dringt noch eine leise, zitternde Stimme, die zeigt, dass dort ein Mensch liegt, denn sie spricht meinen Namen. Was für eine Krankheit. Schlimm genug, dass ich, wenn ich könnte, Gott damit anstecken würde.

Die Ringe um seine Augen haben sich tief und schwarz eingegraben. Die Haut ist mit Flecken übersät, Schorf und Wunden in allen erdenklichen Farben, Spuren von Untersuchungen, Injektionen, Transfusionen, Punktierungen, von Krankheiten. Jede Schattierung von Blau, Schwarz, Braun, Rot, Violett, Gelb, Grün auf einem wächsernen, durchscheinenden Grund. Er sieht aus wie ein sterbender Regenbogen. »Sagen Sie, Doktor«, möchte ich fragen, »der Junge hat Fieber, Durchfall, Lungenentzündung, Kaposi-Sarkom, um nur die zu nennen, deren Namen ich aussprechen kann, und Sie können nicht viel dagegen tun. Aber können Sie mir wenigstens sagen, wieso er *grüne* Haut hat?«

1959 – Die ersten Contergankinder kommen zur Welt. In vierzig Ländern wird Contergan schwangeren Frauen als Medikament gegen Übelkeit verschrieben. Bald stellt sich heraus, dass es zu schweren Missbildungen an den ungeborenen Kindern führt, vor allem an Armen und Beinen, wo die langen Knochen fehlen, so dass Hände und Füße direkt am Torso sitzen; dazu kommen Deformationen des äußeren Ohrs, Sehstörungen sowie Verwachsungen der Öffnungen im Verdauungstrakt.

Ich hatte gehofft, dass ich das neue Jahrzehnt mit einer sonnigeren Geschichte beginne, aber Paul hat Mühe zu sehen. Es handelt sich offenbar um eine Infektion mit Zytomegalie-Viren. Dagegen ist nichts zu machen. Die Angst überwältigt ihn. Er fleht eine Schwester an, ihn mit dem Kissen zu ersticken. Er bekommt Nitrazepam, das gegen »akute Angstzustände« helfen soll.

»Ich will hier raus. Es ist grässlich hier. Ich habe genug, ich will nicht mehr das Versuchskaninchen spielen. Ich will raus, ich will raus, ich will raus.«

Er sagt es zwanzig-, dreißigmal.

In der Hand halte ich ein Blatt Papier: »1960 – Anne Sexton veröffentlicht ihre erste Gedichtsammlung, *To Bedlam and Part Way Back*, ins Irrenhaus und halb zurück. Die äußerst persönlichen, gnadenlos ehrlichen Verse sind die Chronik ihres Nervenzusammenbruchs und der Genesung davon, in oft verblüffenden Bildern und einem Ton, der sarkastisch und zugleich verletzlich ist. Sie wird über Nacht berühmt.« Ich zerknülle den Zettel. Ich mache nicht mehr weiter mit den Roccamatios. Ich will raus.

Als ich Pauls Zimmer verlasse, begegne ich dem Kaplan. Er ist ein Mann in den Fünfzigern mit perfekt gescheiteltem weißem Haar.

»Oh, Sie sind Pauls Freund. Wie geht es Ihnen?«, fragt er. Seine Stimme ist warm. Die Hand ebenfalls. Nichts an seiner Kleidung verrät den Geistlichen. Er hat kein Kreuz um den Hals, keinen Priesterkragen. Das kleine schwarze Buch in der Hand ist das einzige Indiz.

»Mir geht es gut.«

»Es ist hart, nicht wahr?«, sagt er.

»Das kann man wohl sagen.«

»Also, ich will Sie nicht aufhalten.« Er dreht sich halb um, in Richtung Pauls Zimmer. »Möchten Sie darüber reden?«

»Ich sollte sehen, dass ich weiterkomme, Sir.«

Bis ich die Krankenhauspforte erreiche, ist die Anspannung so groß, dass ich zittere. Ich komme auf einen Kiesweg. Das Knirschen der Kiesel unter meinen Füßen treibt mich zum Wahnsinn. Ich versetze dem Weg Tritte, ich brülle ihn an. Ich trete, bis mir die Füße wehtun. Ich laufe, damit ich fortkomme von diesem Weg. Ich komme an eine Backsteinmauer. Ich bleibe stehen. Ich stehe mit dem Rücken zur Wand. Meine Finger kommen mir wie Haken vor. Ich falle auf die Knie und kratze am Erdboden, bekomme die harte, schwarze Erde unter die Nägel. Ich neige mich mit der Stirn auf den Boden und schließe die Augen. Ich spüre die raue Kälte des Bodens an Stirn und Haaransatz. Ich liege ganz still da. Ich atme. Ich liege ganz still da. Ich atme. Ich liege ganz still da. Ich atme.

Ich fahre nach Hause, durch die Alptraumvorstädte von Toronto, die einen so großen Teil von Südontario verschlingen. Um ehrlich zu sein, ich bin erleichtert, wenn ich von Paul fortkomme – eine Flucht vor dem Eingeschlossensein, ein lebensnotwendiges Strecken, ein benommenes Aufatmen –, aber ich bin auch niedergeschlagen. Wenn ich bei ihm bin, fühle ich mich lebendig, wunderbar lebendig. Wenn ich von ihm fortgehe, komme ich in eine Welt, die voll gestopft ist mit Dingen, die mir mit Unwichtigkeiten zusetzt, mit Reklame, Vulgarität, mich mit einer Langweile erfüllt, die meinen Verstand dumpf macht. Ich fahre nach Hause durch den endlosen Alptraum der Vorstädte. Ich denke nur an Paul und an die Roccamatios.

An die Tür zu Pauls Zimmer ist ein Zettel geheftet: »Wir weisen Besucher darauf hin, dass Mr. Atsee erblindet ist. Wir bitten sie, beim Eintreten ihren Namen zu nennen.« Ich kann nicht glauben, was ich da sehe. Ich schließe mich für zwanzig Minuten auf der Toilette ein.

Als ich schließlich das Zimmer betrete, liegt Paul auf seinem Bett und wartet schon auf mich. Seine Augen sind offen. Sie blicken mich an. Ich bin nervös. Ich bringe kein Wort hervor. Schließlich geht es dann doch.

»Mann, Paul, du bist blind.«

Zum ersten Mal kann ich nicht anders, zum ersten Mal fordert mein Kummer seinen Tribut. Ich breche in Tränen aus, direkt an seinem Bett. Lange, laute, unaufhaltbare Schluchzer.

Wer bin ich denn, dass ich Trost brauche? Aber er tröstet mich.

»Pschhh, pschhh, es ist doch« – Pause – »alles gut.« Er ist

kaum noch zu hören. »Wer ist an der« – Pause – »Reihe? In welchem Jahr sind wir?« Pause. »Bin ich dran?«

Scheiße alles. Binnen Sekunden lasse ich mir eine entsetzliche Geschichte einfallen.

1961 – Dag Hammarskjöld kommt auf einer UN-Friedensmission bei einem Flugzeugabsturz im Kongo ums Leben.

»Ja«, sagt Paul, sonst nichts. Alle zwölf Stunden bekommt er eine Morphiumspritze.

Paul sitzt im Rollstuhl. Heute hat Mary Geburtstag, und als Geschenk kommt ihr Sohn nach Hause. Er ist dick vermummt in Wollmütze, Schal, Pullover, Handschuhen und Decke, und er trägt eine dunkle Sonnenbrille; alles, was von ihm zu sehen ist, sind Nase und Oberlippe. Es ist schönstes Oktoberwetter. Ich trage nicht einmal eine Jacke. Aber er ist Haut und Knochen. Bei jedem Ruck des Rollstuhls zucken seine Glieder wie die einer Marionette.

Das Letzte, woran ich mich aus dem Krankenhaus erinnere: Ich gehe den Gang hinunter. In einem der Zimmer fällt mir ein Zierstück auf einem Nachttisch auf. Eine schimmernde rosafarbene Porzellanhand, die ein leuchtend rotes Herz hält. Warum ist so vieles, was mit Tod zu tun hat, so geschmacklos?

Paul ist wach. Er liegt auf dem Rücken in seinem Bett. Er ist froh, dass er wieder zu Hause ist, er möchte nie wieder zurück ins Krankenhaus. Der Raum nebenan ist für die Pflegerin eingerichtet worden, die rund um die Uhr da ist.

»Eine Geschichte« – Pause – »mache ich noch«, flüstert er.

»Wir sind im Jahr 1962.«

»Nein.« Pause. »Das übernimmst du. Ich nehme« – Pause – »ein anderes Jahr.«

»Gut. Welches? Soll ich die Fakten für dich herausfinden?«

»Nein.« Pause. »Ich nehme das Jahr« – Pause – »2001.« Pause. »Dann sind es« – Pause – »hundert Jahre« – Pause – »Roccamatios.«

»Tolle Idee, Paul.«

»Ja.«

Er schläft ein oder verliert das Bewusstsein, ich weiß nicht welches von beiden. Wachzustände und Dämmerzustand wechseln nun ständig. Ich hatte 1962 schon fertig für ihn vorbereitet, eine Geschichte, die als Vorlage Rachel Carsons *Der stumme Frühling* nimmt, das Buch, in dem die Autorin die Schäden durch Insektenvertilgungsmittel und die entsetzliche Belastung für die Umwelt entlarvt.

Ich betrete sein Zimmer zu den Klängen von »With a Little Help from My Friends«. Beatle Paul liegt zusammengerollt auf der Seite, ein Kissen zwischen den Beinen. Der treue Beatle George liegt auf dem Fußboden neben dem Bett.

»Das Jahr 2001?« frage ich.

»Noch nicht.«

Was kann ich sagen? Ich muss warten. Zu »Lucy in the Sky with Diamonds« schläft er ein.

Ich lege einen Stift und einen Schreibblock neben seine Hand auf das Bett.

Heute ist »A Day in the Life«, ein Tag im Leben. Er schläft.

Man kann den Tod riechen. Das ganze Haus riecht danach.

»Paul?«

»Ich« – Pause – »überlege noch.«

Jack hat mir ein Hemd aus Hanfstoff geschenkt. Vor ein paar Tagen hatte ich ihm aus einem Antiquariat Mishimas *Seemann, der die See verriet* mitgebracht, und jetzt ergreift er die erste Gelegenheit, sich zu revanchieren. Seit dem Ausbruch von Pauls Krankheit hat er sich sehr verändert. Er hat sich von seiner Arbeit beurlauben lassen, und so wie er jetzt darüber redet, kann ich mir nicht vorstellen, dass er je zu ihr zurückkehren wird. Sein Herz und sein Verstand haben sich anderen Dingen zugewandt. Aber er ist noch immer so erschüttert. So beklommen. Er fragt mich, was ich mit meiner Zukunft anfangen will. Ich antworte vage, dass ich reisen und dann zurück auf die Universität gehen will. Nicht um meine Zukunft mache ich mir Sorgen – um seine.

»Paul?«

»Noch« – Pause – »nicht.«

Ich gehe mit George H. spazieren. Ich führe gern Hunde aus. Das gibt dem ziellosen Wandern einen Sinn. Ich kann es nicht ausstehen, wenn Leute ihre Haustiere wie Menschen behandeln, aber jetzt tue ich es selbst. Ich rede mit einem Geschöpf, dessen Hirn so groß ist wie eine Zitrone. So munter wie sonst scheint er nicht. Er lässt den Schwanz hängen und schnüffelt nur halbherzig. Ich glaube, er hat abgenommen. Ich nehme ein Hölzchen, halte es ihm vor die Nase und werfe. Er blickt ihm nach, wie es im Bogen durch die Luft fliegt, und rührt sich nicht. Als wir wieder zurück sind, frage ich Mary, was George H. fehlt. Sie sieht ihn an.

»Er frisst nicht viel.« Sie holt einen Hundekuchen. »George H.«, sagt sie und blickt ihm fest in die schimmernden schwarzen Augen, »ein Kranker im Haus genügt.« Sie wirft ihm den Bissen hin. »Friss!« Er nimmt ihn lustlos. Ich lächle. Dann gehe ich in den Keller und weine.

»Paul?«

»Ich« – Pause – »habe es.« Pause. »Aber später.«

»Being for the Benefit of Mr. Kite« läuft. Ich höre zu. Die Platte beginnt wieder von vorn. Puls: 160. Blutdruck: 60 zu 30. Er stirbt. Er schläft.

George H. ist dazu übergegangen, sich auf das Bett zu legen, gleich neben ihn, aber doch so, dass er ihn nicht bedrängt. Er wimmert leise. Mir fällt auf, dass Pauls Lippen und Nasenlöcher bläulich sind. Ich frage die Schwester danach.

»Zyanose«, sagt sie. »Sauerstoffmangel im Blut.«

»Das heißt PCP.«

Sie nickt.

Oh, Mann. Damit wären wir wieder am Anfang angelangt. Ein einziger Kreislauf, und er hat nichts als Leid hervorgebracht.

Er hat etwas auf den Block gekritzelt, aber ich kann es nicht entziffern.

Er ist zu schwach, um sich zu bewegen oder zu sprechen. Er liegt einfach nur da, ab und zu ein Lidschlag ist seine einzige Regung. Drei Stunden seit der letzten Morphiumspritze.

»Paul? Paul, ich bin's.«

Er öffnet die Augen.

Da ich auf Ohrhöhe mit ihm bin, streichle ich ihm das Ohr. Ich fahre mit Daumen und Zeigefinger über das Ohrläppchen. Es scheint ihm zu gefallen. Ich hole mir ein Wattestäbchen und putze Paul das Ohr, zuerst das äußere, dann, ganz behutsam, das innere; ein klein wenig gelbes Ohrschmalz kommt hervor. Mit zitternden Lippen müht Paul sich um ein Lächeln.

»Keine Sorge«, flüstere ich. »Es ist nicht mehr lange.«

Seine Lippen wollen ein Wort formen. Zum Sprechen hat er keine Luft. Er versucht es.

»Zwei«, haucht er.

Zwei. Das muss für 2001 stehen.

Die nächsten sechs Tage bin ich täglich bei ihm. Manchmal kommt er zu sich – einmal fand Mary ihn sogar im Bett sitzend – und bringt ein paar Worte hervor, aber nie, wenn ich dabei bin. Ich frage, ob er etwas gesagt hat, was für mich bestimmt war. Nichts.

Kurz vor drei Uhr morgens erschüttert George H. die Stille der Nacht. Mary, die auf dem Sofa neben dem Bett eingenickt ist, ist sofort wach. Binnen Sekunden ist die Krankenschwester, die noch eine Stunde zuvor nach ihm gesehen hat, im Zimmer, ebenso Jack und Jennifer. George H. steht über Paul, den Schwanz erhoben, die Haare auf seinem Rücken gesträubt, die Zähne gebleckt, und bellt wie besessen, er bellt, wie er noch nie zuvor gebellt hat.

Es wäre die 63. Folge der Roccamatios gewesen. Das Jahr, in dem Kennedy erschossen wurde und die Leute auf der Straße weinten. Das Jahr, in dem ich zur Welt kam.

Ich erfahre es übers Telefon. Jedes einzelne Wort ist gewöhnlich, aber zusammen sind sie ein Schlag, der mir den Atem nimmt. Ich fahre gleich zum Haus.

Ich sitze auf dem Flur, vor seinem Zimmer. Alles ist still. Jemand berührt mich an der Schulter. Es ist die Krankenschwester. Eine freundliche, tüchtige Frau um die fünfzig. Sie setzt sich neben mich.

»Tut mir Leid mit Ihrem Freund.«

Ich sitze nur da.

»Gestern gegen zehn ist er noch einmal zu sich gekommen. Wir haben ein, zwei Minuten geredet. Er hat mich gebeten, etwas für Sie aufzuschreiben. Es fiel ihm sehr schwer, aber ich glaube, ich habe alles richtig verstanden.«

Sie reicht mir ein ordentlich zusammengefaltetes Blatt Papier.

Ich weiß nicht warum, aber ich staune über ihre Handschrift. Hübsche, klare, wohlgerundete Buchstaben, die Punkte genau über dem i und die t-Striche exakt in der Mitte. Unglaublich deutlich. Nicht zu vergleichen mit meinem Gekrakel.

»Könnten Sie das für sich behalten?«, bitte ich sie.

»Sicher.«

Sie erhebt sich. Sie blickt zu mir herunter. Einen Moment lang sind wir beide reglos.

Dann, wie selbstverständlich, fährt sie mir mit der Hand durchs Haar.

»Du armer Junge«, sagt sie.

2001 – Nach neunundvierzigjähriger Herrschaft stirbt Königin Elisabeth II. Ihre Epoche war geprägt von unglaublicher industrieller Expansion und stetig wachsendem materiellem Reichtum. Auf ihre kurzsichtige, engstirnige Art war die zweite elisabethanische Ära die glücklichste der Menschheit.

Tut mir Leid, besser konnte ich es nicht. Jetzt bist du dran.

Paul

Der Tag, an dem ich das *Soldat-Donald-J.-Rankin-Streichkonzert mit einer dissonanten Violine* des amerikanischen Komponisten John Morton hörte

Ich war jung (und bin es immer noch: fünfundzwanzig Jahre – es passierte ja erst letzten Oktober, Oktober 1988), als ich unten in Washington, District of Columbia, einen alten Freund aus der Highschool besuchte. Ich war noch nie in den Vereinigten Staaten gewesen. Mein Freund arbeitet als Unternehmensberater, Abteilung Luftfahrt, bei einer Steuerberatungsfirma namens Price Waterhouse. Er ist ein kluger Kopf – er war auf der John F. Kennedy School of Government in Harvard – und verdient gutes Geld. Aber tagsüber musste er natürlich ins Büro, und das Wetter war sonnig und mild. Also sah ich mir Washington an. Ich besuchte die öffentlichen Plätze der Stadt, die Straßen, wo ein einziges Gebäude ganze Häuserblocks einnimmt und eine eigene Postleitzahl hat und man weiter und weiter und immer weiter geht, bis man schließlich an das monumentale Hauptportal kommt; ich besuchte die Plätze, wo selbst das grüne Gras vor Selbstvertrauen strotzt, denn nur eine Nation, die ihre Werte nie in Frage stellt, kann in ihrer Mitte so große, offene Rasenflächen haben; ich sah mir alles in der Stadt an, was es zu bestaunen und zu bewundern gibt.

Dann tauchte ich tiefer, riskierte mein Leben, so würden manche sagen. Mehrere Tage hintereinander sah ich mich an jenen Orten der Stadt um, die nicht für die Öffentlichkeit bestimmt waren. Ich ging Straßen entlang, die keinerlei historische Bedeutung hatten, und erkundete Gassen. Ich ging in die Kramläden an den Ecken, die Imbissbuden. Ich sah mir Schaufenster und Bushaltestellen an, Zeitungskästen und Reklameschilder an Strommasten, mit Brettern vernagelte Häuser und verwahrloste Grundstücke, Graffiti und den Unrat, der sich dahinter türmte, die zerbröckelnden Bürgersteige und die Wäsche, die zum Trocknen aus den Fenstern hing. Ich plauderte über Politik mit einem Penner auf einer Parkbank, der all seine irdischen Besitztümer in einem Einkaufswagen neben sich hatte. In Blickweite der Kuppel des Capitols – sie schien in der Luft zu schweben wie ein Fesselballon – stieß ich auf eine tote Ratte. Ich fand alles interessant, denn alles war Washington, und Washington war neu und exotisch für mich. Für eine so reiche und mächtige Stadt, in manchem Sinne die Hauptstadt der Welt, hatte sie viele heruntergekommene Viertel. Ganze Stadtteile, die dringend einen Anstrich nötig hätten und wo die Ausbesserungsarbeiten von Tag zu Tag verschoben werden, so wie man sich jeden Tag neu vornimmt, endlich gesünder zu essen oder etwas für seinen Körper zu tun.

Einmal auf dem Nachhauseweg fiel mir ein Schriftzug auf. **MERRIDEW-THEATER** stand in einem Bogen auf einem Ladenfenster. Einige Buchstaben waren ausgekratzt, nur die Umrisse waren noch zu erkennen. Eigentlich hieß es nur noch **MER I EW T EA R**. In der linken unteren Fensterecke stand ein kleines rot-weißes Pappschild: **Mel – Herrenfriseur**. Durch das Fenster sah ich in einen Raum, der wohl einmal zu dem Theater gehört hatte, und in dem jetzt zwei Friseurstühle standen. In einem saß ein Schwarzer, und ein zweiter Schwarzer – Mel? – schnitt ihm die Haare. Das Merridew existierte allem Anschein nach nicht mehr. Aber rechts von der Tür hing ein kleiner Schaukasten mit einem Blatt Papier darin. Ein Lebenszeichen? Ich ging hin.

Sonderkonzert im Merridew-Theater
Das Barock-Kammerensemble der
Vietnamkriegsveteranen von Maryland
spielt
Albinoni
Bach
Telemann
sowie als Welturaufführung das
Soldat-Donald-J.-Rankin-Streichkonzert
***mit einer dissonanten Violine* von John Morton**
Donnerstag, 15. Oktober 1988, 20 Uhr
Jedermann willkommen!
Eintritt nur $ 10, Abendkasse

Das war am nächsten Abend.

Wunderbar. Noch eine Seite von Washington, die ich entdecken konnte, noch eine Hirnwindung, eine Kammer in seinem Herzen. Nicht dass der Vietnamkrieg mich sonderlich interessiert hätte. Das war ein ausländischer Krieg, ein US-Trauma, das mich als Kanadier nichts anging. Ich hatte die Filme gesehen, die Fernsehdokumentationen, dann und wann einen Zeitschriftenartikel gelesen, ich wusste, dass Lyndon Johnson als Präsident daran gescheitert war – aber es blieb Folklore für mich, genau wie der Zweite Weltkrieg, etwas, das lange vorbei war und jetzt der Stoff für bunte Bilder und Heldenepen abgab. Der Eintritt wäre mir auch zu teuer gewesen. Wenn ich Bach hören wollte, konnte ich das auf meiner Stereoanlage tun. Was mich ins Merridew-Theater zog, war das Ereignis selbst, die Vorstellung, dass es eine Art Happening war, und nicht die Aussicht auf einen Abend mit klassischer Musik. Obwohl ich schon gespannt auf das Rankin-Konzert war – was immer eine dissonante Violine sein mochte. Ich fragte meinen

Freund, ob er mitkommen wolle. Ich hatte ihn ja seit meiner Ankunft kaum zu Gesicht bekommen.

Aber Price Waterhouse stand kurz vor einem Abschluss mit den Gewerkschaften von Texas Air, und die Antwort der Stadt New York auf ein Angebot, das sie für ihre Belegung der Flughäfen JFK und La Guardia gemacht hatten, war früher als erwartet eingetroffen. Er hatte zu tun.

So stand ich also am nächsten Abend um fünf vor acht allein vor dem Merridew. Ich drückte an die Tür. Sie war offen. Links von mir war der Eingang zu Mels Friseurladen. Geradeaus führte ein Gang in die Tiefe, und ich sah, dass am Ende ein Zettel an die Wand geheftet war. Ich ging den Gang hinunter, vorbei an mehreren geschlossenen Türen. *Hier entlang* stand auf dem Zettel, und ein Pfeil zeigte nach links auf eine Tür. Ich trat ein.

Ich fand mich im Foyer des Merridew. Zu meiner Rechten sah ich eine Reihe zweiflügeliger Glastüren – der Haupteingang zum Theater. Die Türen mussten einmal auf eine Straße geführt haben, die quer zu derjenigen verlief, von der ich gekommen war, aber sehen konnte ich davon nichts – sie waren mit Brettern vernagelt. Einige Scheiben waren zerbrochen. Vor den Türen lag ein ungeheuer langer zusammengerollter Teppich. Mein Blick wanderte zum Kartenschalter auf der anderen Seite des Foyers; seine Scheiben waren dick mit grauem Staub überzogen. Genau genommen lag auf großen Teilen des Foyers dick der Staub. Es war unmissverständlich: Das Theater war geschlossen, verfallen, und ich hatte es gerade durch die Hintertür betreten, wo früher die Büros gewesen waren. Aber die Lichter brannten, die Türen, durch die ich gekommen war, waren offen, und ich war mir sicher, dass ich mir Zeit und Ort für das Konzert richtig eingeprägt hatte. Ich trat einen Schritt vor und erblickte einen Tisch, der an einer großen Säule aufgestellt war. Zwei Männer saßen dahinter, ein Schwarzer, ein Weißer, der Weiße in einem Rollstuhl. Sie sahen mich an. Der Ausdruck »unbefugtes Eindringen« schoss mir durch den Kopf.

»Hallo. Das ist doch hier, wo heute Abend das Konzert ist, nicht wahr?«

»Das ist hier«, sagte der Schwarze.

»Oh, gut.« Ich ging zu dem Tisch. »Dann eine Karte, bitte.«

»Macht zehn Dollar.«

Ich gab meine zehn US-Dollar dem Weißen in dem Rollstuhl. Er steckte sie in die Zigarrenkiste, die er vor sich stehen hatte, strich sie sorgfältig auf den anderen Scheinen glatt, und gab mir ein Programm.

»Bin ich zu früh?«

»Nein, genau richtig«, antwortete der Schwarze. »Nimm dir einfach einen Stuhl. Du kannst sitzen, wo du willst.«

Mit einer lässigen Handbewegung lenkte er meinen Blick auf einen Stapel orangeroter Kunststoff-Klappstühle. Ich nahm mir einen. Aber ich wusste nicht, wohin ich damit gehen sollte. War das Konzert draußen? Auf dem Parkplatz? Warm genug war es ja.

»Da lang.« Diesmal zeigte er auf die Türen an der Rückseite des Foyers.

»Danke.«

Auf dem Weg zu den Türen blickte ich mich noch einmal um.

»Bringen Sie das gerade in Ordnung?« fragte ich.

»Wie bitte?«

»Das Theater, wird es renoviert?«

»Nee, das wird abgerissen.«

»Oh.«

Eine verdeckte Operation, dieses Veteranenensemble,

dachte ich, als ich die Tür aufdrückte und den Theatersaal betrat. Ich stieg ein paar Stufen hinauf.

Die Tür hinter mir schwang noch hin und her, aber ich selbst stand wie angewurzelt da. Der Mann hatte das wörtlich gemeint; es wurde tatsächlich gerade abgerissen. Ich wusste gar nicht, was ich zuerst ansehen sollte. Es war ein großer Theatersaal, mit Logen und anderen ehrgeizigen Architekturdetails. Aber um mit dem Augenfälligsten anzufangen: Es war kein einziges Stück der alten Bestuhlung mehr da. Sämtliche Sitzreihen waren herausgerissen, offenbar mit brutaler Gewalt. Das Ergebnis sah wie etwas aus dem Ersten Weltkrieg aus: Zwischen schmutzigen, abgeschabten grünen Teppichbögen – den Schlachtfeldern Frankreichs – liefen Schützengräben aus geborstenem grauem Beton, mit kantigen Kratern, wo von den Befestigungen noch rostige Eisenstrünke geblieben waren. Es roch modrig, was wohl von den gelbbraunen, schwarz geäderten Schimmelflecken stammte, die überall die Wände bedeckten und ihnen das Aussehen großer mittelalterlicher Landkarten gaben, die das Voranschreiten der Pest verzeichneten. Und am Fuße der Wand mir gegenüber, jenseits der Gräben von Vimy und der sterbenden mittelalterlichen Städte, lagen über die ganze Breite die Ruinen des alten Griechenlands: Eine große Zahl zerschlagener pseudoantiker Stuckstatuen. Arme, Beine, Köpfe, Leiber, Schilde – ein einziges Schlachtfeld der Götter.

Ich suchte mir einen Weg hinab zu diesen Kulturruinen. Etwa einhundertfünfzig Leute waren gekommen. Die meisten davon Männer. Einige in Rollstühlen. Einer hatte einen Hund dabei, einen Schäferhund. Sie redeten leise miteinander. Offenbar war ich der Einzige, der allein kam. Ich suchte mir einen Platz, schob mit dem Fuß ein paar Betonstückchen beiseite und stellte meinen Stuhl auf. Ich betrachtete die Bühne. Sie war gefegt und gut beleuchtet. In der Mitte

stand ein Halbrund aus zwölf orangeroten Stühlen und zwölf Notenständern, mit einem dreizehnten Ständer in der Mitte. Zumindest die Musiker hatten es also ordentlich und sauber. Ich sah mir das Programm an.
Links stand:

Tommaso Albinoni: Konzert in B-Dur, op. 9, Nr. 1
Konzert in g-moll, op. 10, Nr. 8
Johann Sebastian Bach: Konzert Nr. 6 in B-Dur
Konzert in a-moll
Konzert in d-moll
Georg Philipp Telemann: Konzert in G-Dur
Pause
John Morton: Das Soldat-Donald-J.-Rankin-Streichkonzert
mit einer dissonanten Violine (Welturaufführung)

Und rechts:

Dem Barock-Kammerensemble
der Vietnamkriegsveteranen von Maryland gehören an:
Stafford Williams, Dirigent
Joe Stewart, Erste Violine
Fred Bryden, Peter Davis, Randy Duncan, Zbig Kerkowsky,
John Morton, Calvin Paterson, Violine
Stan »Laurel« Mackie, Jim Scotford, Viola
Lance Gustafson, Luigi Mordicelli, Violoncello
Luke Smith, Kontrabass

Unser besonderer Dank gilt:
Fife, Jeff, Marvin, Frenchie; Don Beech und der musikalischen
Fakultät der Morrow Heights Junior Highschool; dem Büro des
Bürgermeisters, Washington, D. C.; Marvelous Marvin;
und ganz speziell, weil er uns immer, wenn wir
einen Tritt brauchten, einen verpasst hatte, Billy.

Auf der Rückseite des Programms war eine Anzeige für Marvelous Marvins Pizzeria.

Der Komponist des Rankin-Konzertes war also Mitglied des Ensembles. Und ich würde einmal bei Marvelous Marvin vorbeischauen. Ich faltete das Programm zusammen und steckte es in die Brusttasche. Noch einmal ließ ich den Blick über das Merridew schweifen, fasziniert von meiner eigenen Fassungslosigkeit.

Um Viertel nach acht kamen die beiden Kartenverkäufer herein. Der eine, die Kiste mit Einnahmen im Schoß, fuhr ganz nach vorn, der andere setzte sich neben die Tür. Einen Moment lang erschien ein Kopf aus den Kulissen. Gleich darauf erloschen die Lampen. Nur die Bühne blieb in Licht getaucht.

Dreizehn Männer im Smoking, zwölf mit Instrumenten, kamen auf die Bühne. Sofort erklangen Johlen und Pfiffe wie bei einer Sportveranstaltung. Die Männer lächelten, verneigten sich und nahmen Platz, ausgenommen Williams, der stehen blieb. Ich überlegte, welcher von ihnen John Morton sein mochte. Die Violinen saßen links. Joe Stewart, die Erste Violine, saß gewiss ganz außen. Aber sitzen Musiker in alphabetischer Ordnung, oder gibt es eine Art Hierarchie? Wenn es nach dem Alphabet ging, dann war John Morton ein Weißer in den Vierzigern, ein wenig zu dick, mit massigen Gesichtszügen und langem, zurückgekämmten Haar, das sich an den Enden kräuselte. Das war die sechste Geige.

Die Musiker justierten die Notenständer und stimmten ihre Instrumente. Stafford Williams drehte sich zum Publikum. Er war ein Schwarzer, ein Bär von einem Mann. Mit tiefer, volltönender Stimme sagte er: »Der Chef der Feuerwehr von Washington, D. C., hat mich angewiesen zu sagen, dass Rauchen bei dieser Veranstaltung nicht gestattet ist. Die Lizenz –«

»Nicht mal einen einzigen Hanfstängel?« rief jemand dazwischen.

Alle lachten. »Keinen einzigen«, bestätigte Williams. Er hob die Hände; das Publikum war auf der Stelle still. »Albinonis Konzert in B-Dur«, kündigte er an.

Er drehte sich wieder den Musikern zu. Er hob die rechte Hand. Bogen wurden angesetzt.

Eine kurze Pause.

Die Hand senkte sich, und der Ansturm auf meine Ohren begann.

Es war die schiere Lautsärke der Musik, die mir den Atem nahm. In einem Augenblick herrschte im Merridew vollkommene Stille; im nächsten wogte in mächtigen Wellen die Musik. Der Bau war wie eine Lunge, die sich mit einem Mal mit frischer Luft füllte. Etwas Immaterielles, zog lieblich und verführerisch durch den Saal, durch jede Ritze, es umfing uns und breitete sich aus bis zum letzten Winkel und zur letzten Nische. Ich war mir sicher, jede Maus und jede Kakerlake lauschte genauso gebannt wie ich. Und all das hervorgebracht mit nichts als ein paar kleinen, braunen Kästchen.

Ich bewunderte den Einklang, der in allem herrschte: Die Art, wie die Bögen sich gemeinsam hoben und senkten, die Art, wie die Hände auf den Griffbrettern auf und ab wanderten wie Spinnen, die an ihren Netzen spannen, die Art, wie Williams' Bewegungen in Töne umgesetzt wurden, wie Stewart führte und die anderen folgten. Solche Kunst, solche Geschicklichkeit – wie machten sie das? Wie es wohl war, wenn man so etwas mit seinen eigenen Händen zustandebrachte?

Albinonis Konzert in B-Dur bestand aus drei Sätzen. Ich habe keine Ahnung von Musik, deshalb kann ich es auch nicht angemessen beschreiben, aber der erste Satz war sehr lebhaft, wie ein Tanz. Ich malte mir aus, wie die Paare sich dazu im Kreise drehten und ihre prächtigen Kleider nur so flogen. Die muntere Melodie hüpfte auf und ab, auf und ab, dann kamen wunderbare Spiralen, dann ging es wieder auf und ab, und schließlich war es vorüber. Die Noten waren ständig in Bewegung, es war, als trieben sie einander voran. Der zweite Satz war gemessener, eher eine gerade Linie, schlichter, gemächlicher, aber doch stattlich, als folgten die Noten dem Gipfelkamm eines hohen Berges, wo die Luft schneidend und klar ist. Der dritte Satz ähnelte dem ersten, war wieder lebendiger, vielfältiger, doch nicht ganz so schnell.

Was für eine seltsame, unglaubliche Sache ist doch die Musik. Endlich ist das Geplapper in unserem Kopf einmal still. Keine Vergangenheit, die zu beklagen ist, keine Zukunft, um die man sich Sorgen macht, keine Worte, keine Gedanken, die ständig umzuwälzen sind. Nur etwas Schönes, Erhebendes ohne jeden tieferen Sinn. Der Klang – angenehm und verständlich gemacht durch Melodie, Rhythmus, Harmonie und Kontrapunkt – wird zum Denken. Die schnarrende Sprache, die Mühen, die man mit ihrer Bedeutung hat, lässt man hinter sich zurück. Musik, das ist die Antwort eines Vogels auf den Lärm und die Schwere der Worte. Sie versetzt den Geist in einen Zustand glücklicher Sprachlosigkeit.

Während des B-Dur-Konzertes dachte ich nichts als Musik. Ich kann mich an keine Worte erinnern, nur an ein schwereloses Schweben in der Musik.

Als das Stück zu Ende war, gab es Applaus und übermütige Pfiffe. Das Maryland-Veteranenensemble erhob sich, verneigte sich und setzte sich wieder. Williams hob wiederum die Hand, gab den Einsatz, und von neuem erklang Musik, diesmal Albinonis Konzert in g-moll.

Auch das war eindrucksvoll, obwohl ich mich nicht mehr

so genau erinnere. Um ehrlich zu sein, ich war nicht bei der Sache. Worte meldeten sich in meinem Verstand. Ich musste an die Texas Air Corporation denken. Mein Freund hatte mir den Fall in all seiner Kompliziertheit dargelegt. Texas Air war eine Firma in Houston, ihr Präsident ein Mann namens Frank Lorenzo. Die Firma selbst war keine Fluggesellschaft – mein Freund sprach von einer Holding –, aber sie besaß zwei Fluglinien: Eastern und Continental. Anscheinend war die in Miami beheimatete Eastern in ernsten finanziellen Schwierigkeiten. Sie führte mit ihren drei Gewerkschaften Verhandlungen über Löhne, Arbeitsbedingungen und Renten, und die Zahl der Fluggäste ging immer weiter zurück. Um die Verluste zu senken und Kapital für die laufenden Zahlungen zu erhalten, ließ Texas Air die Fluggesellschaft schrumpfen, verkaufte Vermögenswerte, strich den Flugplan zusammen und entließ Personal. Zum Beispiel hatten sie die profitablen New York-Boston- und New York-Washington-Shuttlestrecken für 365 Millionen Dollar an Donald Trump verkauft. Aber nach Auffassung der Gewerkschaften war diese Strategie – Applaus, Bravorufe. Das Konzert in g-moll war zu Ende.

Das Maryland-Ensemble erhob sich, verneigte sich, verließ die Bühe, kehrte zurück und nahm wieder Platz. Wieder richtete sich alle Aufmerksamkeit der Zuhörer auf Williams' erhobene Hand, und wieder wogte die Musik. Ich holte das Programm hervor und studierte es beim Rampenlicht. Bachs Konzert Nr. 6 in B-Dur. Im ersten Satz führten die Bratschen, Mackie und Scotford. Es war eine sich wiegende, aufsteigende Melodie, wie zwei Bergsteiger, die mit einem Seil aneinander gebunden sind: Mackie erklomm die erste Phrase, dann kam Scotford, holte ihn ein und kletterte höher, woraufhin Mackie sich ins Zeug legte und an ihm vorbeizog, und immer so weiter. Die anderen Instrumente hielten sich im Hintergrund, das Gemurmel auf einer Party, das zwei Leuten die Geborgenheit für ein vertrauliches Gespräch gibt. Aber der weiteren Entwicklung konnte ich nicht folgen und weiß nichts mehr davon.

Für die Gewerkschaften war diese Strategie eine bewusste Täuschung; der Verkauf der Shuttle-Routen und die Forderung nach Lohnkürzung seien Maßnahmen, um Eastern absichtlich in den Konkurs zu treiben, so dass die Linie mit Niedriglöhnen und ohne gewerkschaftliche Beteiligung neu aufgebaut werden könne. Lorenzo hatte genau das Gleiche schon 1983 mit Continental getan. Es war ein bitterer, langwieriger Disput, ein regelrechter Krieg, und es war schlechte Publicity für Eastern. Aus den Reisebüros hörte man, dass manche Kunden nicht mehr mit Eastern flogen, selbst wenn es die günstigsten Verbindungen waren. Beobachter gaben der Linie nur noch wenige Monate, bis sie – wiederum Applaus. Nr. 6 war zu Ende. Als nächstes stand das Konzert in a-moll auf dem Programm. Ich weiß nur noch, dass Stewart ordentlich zu tun hatte.

Die ganze Situation war verfahren. Price Waterhouse wollte eine Vereinbarung mit den Gewerkschaften schließen, und mein Freund brachte jeden Abend Stapel von Papieren mit, über denen er bis zwei Uhr morgens saß. Wenn er Pause machte, erzählte er mir von den neuesten Entwicklungen – von Lorenzos Schachzügen, den Urteilen der Gerichte, den Drohungen von AFL-CIO –, und ich erzählte im Gegenzug, wo ich gewesen war und was ich erlebt hatte.

Merridew. Ich fragte mich, wer Merridew gewesen war. War das nicht der Außenminister, der Alaska von den Russen gekauft hatte? Nein, das war Seward. Sewards Wahn hatten die Leute es genannt, nicht Merridews.

Ich ließ den Blick über das Theater schweifen. Fünf Tage zuvor hatte ich noch in meiner Universitätsstadt gesessen,

Roetown, nicht gerade glücklich, aber auch nicht sonderlich unglücklich, einfach nur unschlüssig, was ich mit meinem Leben anfangen sollte –, und nun war ich hier in Washington, D. C., und hörte zu, wie ein paar Kriegsveteranen in einem Theater, das aussah, als stünde es in Beirut, Bach spielten. In einigen Wochen, im Januar, würde ich zurück auf die Schule gehen und endlich meinen B. A. in Philosophie machen. Und dann? Was sollte ich tun, welche Richtung sollte ich einschlagen? Ich ließ die Möglichkeiten Revue passieren. In welcher Auster wollte ich das Sandkorn sein?

Das a-moll-Konzert endete. Ich warf einen Blick aufs Programm. Es folgte das Konzert in d-moll. Als ich noch einmal auf das Programm sah, fiel mir auf, dass das Maryland-Ensemble Doppelpunkte zwischen die Komponisten und ihre Werke gesetzt hatte, jedoch Kommas zwischen die Musiker und ihre Instrumente. Das erinnerte mich an Joseph Conrad. Conrad ist ein Meister der Interpunktion. Eine Stelle werde ich nie vergessen. Sie stammt aus Conrads erstem Roman, *Almayers Wahn*. Zwanzig Jahre lang hat Almayer in einem elenden, vergessenen Winkel des malaiischen Archipels gearbeitet. Er hasst dieses Leben, hat es vom ersten Tag an gehasst, aber er hat nie aufgegeben, weil er um seiner Tochter, des schönen Mischlings Nina, willen als reicher Mann nach Europa zurückkehren will. Er sagt: »Ich wollte erleben, wie weiße Männer vor der Macht deiner Schönheit und deines Reichtums den Rücken beugen.« Aber die zwanzig Jahre im Archipel sind zwanzig Jahre Enttäuschung, Demütigung und Armut gewesen. Der letzte Schlag kommt, als Nina, die nie etwas anderes als diesen tropischen Ort gekannt hat und die glücklich dort ist, ihren malaiischen Liebhaber Dain heiratet, gegen die Einwände ihres Vaters. Sie wird nie nach Europa gehen. Almayer ist am Boden zerstört. Er hat alles verloren. Sein unermüdliches Streben hat ihm nichts als Niederlage und Ruin beschert. Aber es hätte auch anders kommen können. Es hat immer wieder Augenblicke gegeben, an denen Almayer sich fast am Ziel sah. Glück, Erfolg, Ruhm – beinahe erreicht und doch durch Missgeschick, durch kleine Fehler immer wieder verloren:

Er blickte seiner Tochter in das gespannte Gesicht und sprang auf, so heftig, dass er den Stuhl umstieß.

»Hörst du? Ich hatte alles; hier; zum Greifen nah.«

Wie brillant, der Umgang mit dem Semikolon. Ein bewundernswerter Bau: Je drei Wörter davor und danach, gelagert auf dem Angelpunkt, auf dem einen Wort, das die ganze Spannung, das ganze Gewicht des Satzes trägt. Ein gewöhnlicher Schriftsteller hätte diesen Angelpunkt mit Kommas abgetrennt. Auch Gedankenstriche hätten die Aufgabe erfüllt. Aber mit Semikola isoliert er das »hier«, ohne dass er es in Parenthese setzt, und gibt dem Wort damit erst seine wahre Wucht. Die unteren Striche halten es wie zwei verzweifelt emporgereckte Hände, die Punkte starren uns an wie zwei unglückliche Augen, und das Wort ist der Aufschrei der entsetzlichen Hoffnungslosigkeit von zwanzig vergeblichen Jahren. Die Zeichensetzung in diesem Satz ist dramatisch, dynamisch und energisch. Es ist die Interpunktion eines wahren Meisters.

Schließlich war auch das d-moll-Konzert zu Ende. Dieser Abend war endlos. Ich sah auf die Uhr. Erst 9 Uhr 33. Und noch der Telemann, bevor wenigstens die Pause kam. Ich spielte mit dem Gedanken, dann zu gehen. Aber ich redete es mir aus. Komm schon, sagte ich zu mir. Der Komponist des nächsten Stückes sitzt direkt vor dir. Wer weiß, was eine dissonante Violine ist? Vielleicht lohnt es sich. Ich musste an einen holländischen Geiger denken, den ich einmal in Montreal gehört hatte. Das Stück, das er gespielt hatte, war der reine Lärm gewesen, lange, monotone Töne im Wechsel mit rasenden Passagen, kreischenden Akkorden, hektischem Pizzicato. Keine Spur von Melodie oder Rhythmus, nur ein Angriff auf die Sinne, der etliche Zuhörer in die Flucht geschlagen hatte. Mir hatte es gefallen. So voller Leben. Und dann war da der kanadisch-ukrainische Komponist, den ich in Roetown gesehen hatte. Er spielte etwas, was er »fließende Musik« nannte; er ließ seine Finger wie Wellen über die Klaviatur gleiten, und ganz allmählich entwickelte sich eine Melodie daraus. Er versetzte die Zuhörer in eine Art Trance. Ja, dieses Rankin-Konzert konnte durchaus hörenswert sein. Das würde ich auf keinen Fall verpassen.

Im zweiten Teil des Telemann ging es sehr energisch zu, und meine inneren Stimmen hielten den Mund. Das Stück endete furios. Es wurde geklatscht, gejohlt, getrampelt. Die Mitglieder des Ensembles verneigten sich mehrmals und verließ dann mit ihren Instrumenten die Bühne. Im Saal gingen die Lichter an.

Endlich Pause.

Ich fuhr zusammen, als jemand laut rief: »ICH HAB MICHELOB, ICH HAB OLD MILWAUKEE, ICH HAB CORONA UND ICH HAB LONE STAR.« Es war der Mann an der Tür. Er hatte fünf große blaue Kühlboxen hervorgeholt. Sein Kumpel mit der Kasse kam eilends heran und parkte seinen Rollstuhl hinter den Boxen. Sie verkauften das Bier. Ich mit meinem kanadischen Verstand überlegte: *Ist sowas denn erlaubt?* Ich erhob mich, streckte die Beine. Ich ging durch Schützengräben und sah mir einen besonders prachtvoll gefärbten Schimmelfleck an der Wand an. Er wirkte wirklich wie eine mittelalterliche Stadt. Ich wartete, dass eine Bürgerwanze die Straßen entlangkrabbelte, von Sorgen geplagt wegen der Knoten in den Achselhöhlen und dem Fieber, das sie seit dem Morgen spürte. Hieß es nicht, ein Drittel der Bevölkerung des mittelalterlichen Europa sei dem schwarzen Tod zum Opfer gefallen? Ich streckte die Hand aus und berührte die Wand; die Tapete war so brüchig, ich hätte einen Streifen abreißen können.

Ich blickte hinüber zu den Statuen, und der behelmte Kopf der Athene fiel mir auf. Sie war die einzige, die ich erkannte. Die anderen Trümmer waren namenlose Männer- und Frauenbüsten, Symbole altgriechischer Schönheitsvorstellungen. So wie Köpfe und Glieder von den Torsi abgeschlagen waren – die Kanten scharf, der Gips an den Bruchstellen rau –, hatte ihre Schönheit etwas Gespenstisches. Ich bückte mich und drehte einen Kopf zu mir hin. Der Blick, der zuvor leer gewesen war, wirkte nun tragisch und stoisch. Am liebsten hätte ich die Statuen wieder zusammengesetzt.

Die Konzertbesucher standen in Grüppchen beieinander und redeten. Ich kam mir vor wie ein ungeladener Gast auf einer Party. Ich kehrte wieder zu meinem Stuhl zurück, setzte mich und hing meinen Gedanken nach.

Dann, nach fast vierzig Minuten, spürte ich es: die Spannung in der Luft. Alle hatten wieder Platz genommen, die Gespräche waren verstummt. Alle Gesichter, die ich sehen konnte, blickten ernst. Es ging mir auf: Albinoni, Bach und Telemann hatten nur die Zeit vertrieben. Alle waren des Rankin-Konzerts wegen gekommen.

Die Lichter erloschen.

Stafford Williams kam auf die Bühne, gefolgt von den anderen Musikern. Ich hörte, wie die Dielen knarrten. Elf Männer setzten sich, zwei blieben stehen. Die Alphabet-Theorie erwies sich als richtig: John Morton war der, auf den ich getippt hatte. Er ging zu Williams hin und flüsterte ein paar Worte. Williams nickte. Morton nahm zur Linken des Dirigenten Aufstellung. Er legte die Violine an, klemmte sie unter das Kinn und fuhr leicht mit den Fingern über das Griffbrett. Dann hob er die rechte Hand und hielt den Bogen knapp über die Saiten. Ein Bild huschte an meinem inneren Auge vorbei: Die Sixtinische Kapelle, die Erschaffung Adams, Gottes Hand, wie er sie nach derjenigen Adams ausstreckt – die elektrische Spannung in dem winzigen Zwischenraum, wo die Fingerspitzen sich beinahe berühren. Morton blickte Williams an. Williams hob die rechte Hand. In einer einzigen parallelen Bewegung setzten die anderen ihre Bogen an. Morton hatte den Blick auf die Rechte des Dirigenten geheftet. Die Rechte senkte sich – und wie kann ich beschreiben, was dann erklang?

Wenn Musik Farbe wäre, dann hätte das Theater sich in ein einziges riesiges Kaleidoskop der Farben verwandelt. Dann könnte ich von dem tiefdunklen Blau sprechen, das sich aus der Bassgeige ergoss, den Blau- und Grüntönen, die aus Bratschen und Celli quollen, dem Gelb und Orange, das die Violinen versprühten. Und ganz besonders könnte ich von dem Rot und dem Schwarz berichten, die wie Tränen aus Mortons Geige rannen. Wenn Musik Farbe wäre und ich ein Chamäleon, ich hätte meine Farbtöne für alle Zeiten gewechselt und wäre gezeichnet geblieben von den Farben des Rankin-Konzerts.

Ich könnte die Musik mit meinen tauben Augen beschreiben. Es war nichts zu sehen außer der Bühne. Aller Moder und Verfall des Theaters verschwand. Das Publikum verschwand. Nur die Bühne existierte und auf der Bühne nur John Morton. Ich sah, wie aus einem hässlichen Mann ein schöner wurde. Der hässliche Mann hatte Glubschaugen und ein Schweinsgesicht und einen Bauch, über dem sich das geliehene Frackhemd spannte. Der schöne war zusammengekrümmt, verrenkt, zitterte am ganzen Leibe. Der schöne Mann litt. Ich sah, wie aus dem Hässlichen Leiden entstand und aus dem Leiden Schönheit.

Das Rankin-Konzert war nicht lang, keine zehn Minuten, sie spielten es alles andere als fehlerfrei und auch nicht bis zum vorgesehenen Ende, aber diese wenigen Minuten fegten alles Unnütze, alles Quälende, alles Triviale aus meinem Leben fort – die Wolken rissen auf –, und ich sah das Erhabene.

Es begann streng, etwa in der Art eines höfischen Tanzes; man konnte sich die Tänzer vorstellen, wie sie langsam und präzise ihre Bewegungen vollführten, jeder wusste, was erwartet wurde und was der Partner oder die Partnerin als Nächstes tun würde. Binnen kurzem beschleunigte es sich jedoch zu einer fließenden, lebhaften Melodie, die sich so natürlich entwickelte, dass ich sie beinahe schon im Voraus wusste, und ich stellte mir vor, dass ich sie zu Ende schreiben könnte, wäre die Vollendung mir anvertraut. Dann schwang das Konzert sich in engen Spiralen zu sehr hohen Tönen empor. In dieser Höhe blieb es, drehte und drehte sich wie ein Teller, den ein chinesischer Jongleur auf der Spitze eines Stocks kreisen lässt. Von dieser Höhe stürzte es wieder hinab zu der munteren Melodie, ging nieder, wie ein Frühlingsregen niedergeht, mit Donner und Blitz, als sei nichts dabei.

Morton führte die meiste Zeit. Oft riss er sich los, machte Schlenker, erkundete die Töne wie ein Forschungsreisender. Das Ensemble war ihm unerbittlich auf den Fersen, griff die gefundenen Töne auf, variierte sie. Es war eine kunstvolle Melodie; Mortons Hand glitt hüpfend, bebend über die ganze Länge des Griffbretts, der Bogen flog über die Saiten. Und vom ersten Augenblick an machte er Fehler. Das muss ich deutlich sagen, das ist entscheidend: Das Rankin-Konzert war schlecht gespielt. Selbst ich mit meinen ungebildeten Ohren konnte hören, dass manche Noten unsauber oder falsch waren oder dass das Tempo schwankte, weil Morton es nicht halten konnte. Aber das lenkte nicht von dem Stück ab. Im Gegenteil. Seine volle Wirkung erhielt das Rankin-Konzert erst durch Mortons schlechtes Spiel. Jeder falsche Ton ließ die unerreichbare Vollkommenheit anklingen, jede Schwäche war eine Befreiung. Eine solche Musik hatte ich nie zuvor gehört. Hier herrschte nicht die Perfektion von Maschinen. Wie Punkrock, wie Jackson Pollock, wie Jack Kerouac war es durch und durch menschlich, eine Mischung aus perfekter Schönheit und befreiender Unvollkommenheit.

Die Musik wurde wieder langsamer. Bratschen und Celli spielten eine gleichmäßige Folge von Tönen in Blau. Es war, als schöpfte das Konzert Atem, und das galt auch für Morton. Er wischte die linke Hand an der Jacke ab, leckte sich die Lippen. Er sah sehr angespannt aus.

Das Ensemble gewann neu an Fahrt und spielte nun tiefe, pulsierende Grundtöne.

Morton setzte wieder an. Mir fehlen die Worte, um zu beschreiben, was nun kam. Wahrscheinlich gibt es Fachausdrücke, mit denen man genau bezeichnen könnte, was Morton tat, aber wenn es sie gibt, dann kenne ich sie nicht. Wie drückt man in der Sprache der Musikwissenschaft aus, dass mir die Seele aus dem Leib gerissen und in höchste Höhen emporgeworfen wurde, befreit durch die Macht der Musik? Wie beschreibt man, dass ich eins war mit dem Auf und Ab dieser Töne, dass ich mit ihnen lebte und atmete? Und was sind das für Töne, die derart schwanken und kreisen, im einen Augenblick ein Flüstern, ein Zittern, als hauchten sie gerade ihr Leben aus, im nächsten mit ausgefahrenen Krallen wie ein Tiger, und jede von ihnen, ob schräg, ob vollkommen, von einer Raffinesse, dass es schmerzte? Was sind das für Töne, die zur gleichen Zeit erheben und niederschmettern, himmelhoch jauchzend und zu Tode betrübt?

Und mitten hinein in dieses selige Leiden erklang die dissonante Violine. Die Passage dauerte keine dreißig Sekunden. Das Ensemble produzierte eine große Menge an blauen, grünen und orangefarbenen Tönen in mittlerer Lage, schwebende Töne, und Morton setzte hohe rote und tiefe schwarze dazwischen, hüpfte über die anderen hinweg, tauchte unter ihnen hindurch. Wenn Laute überhaupt in der Lage sind, Gefühle wiederzugeben, dann geschah es hier, dann war dies tiefste Empfindung zu Tönen geworden, es war Emotion, perfekt in eine andere Sprache übersetzt, vom tief Empfundenen zur Sprache des Verstandes und von dort zum tief Empfundenen zurück. Und was ich in diesem Augenblick spürte, die Emotion die mich traf, das war entsetzliche Trauer, ein entsetzlicher Schmerz, stechender, überwältigender Schmerz. Ein paar Sekunden lang spürte ich die Schrecken der Todesqual.

Abrupt ging das Ensemble zu gleichförmigen, oszillierenden Tönen über, der Part der dissonanten Violine war vorüber. Es war ein unerwarteter Wechsel, wie ein plötzlicher Versuch, die Fassung wiederzugewinnen. Aber Morton hatte die Fassung längst so sehr verloren, dass an eine Beruhigung nicht mehr zu denken war – er machte ständig Fehler –, und schließlich gab er einfach auf und spielte überhaupt nicht mehr. Er ließ die Hände sinken, wobei die Linke Geige und Bogen wie ein Kreuz hielt, und stand mit niedergeschlagener Miene da. Das übrige Ensemble fiel zusehends auseinander, auch wenn Williams sich tapfer bemühte, es zusammenzuhalten. Die Melodie war noch da, noch gut zu erkennen; dann schwankte sie; dann war sie ganz verloren. Der Saal füllte sich mit einem grauen Durcheinander von Tönen. Die Musiker verstummten, Stewart, die Erste Violine, als Letzter. Plötzlich herrschte Stille.

Mir war, als hätte man mich fallen gelassen, als wäre ich

auf meinem Stuhl wieder auf mich zurückgefallen. Mein Herz schlug wie wild, ich atmete schwer. Ich hätte Morton gern die Hände entgegengestreckt. Ich hatte sie gespürt, ich hatte sie gesehen – die große, die mächtige Schönheit.

Die Stille hielt an. Niemand applaudierte. Alles war ergriffen. Ich glaube, wenn ich die Wände oder den Fußboden hätte fühlen können, dann hätte ich gespürt, wie sie bebten.

Die Lichter im Saal gingen an. Ich rührte mich nicht. Mauern meines Lebens waren niedergerissen, und ich spürte ein unglaubliches Gefühl der Freiheit. Ich fühlte mich leer, offen, neu.

Ich nahm einige Laute wahr. Plötzliches Atmen. Körper, die auf Stühlen rückten. Der Schäferhund winselte. Die ersten Zuhörer gingen. Sie taten es so leise, als wären sie in einer Kirche. Die Musiker verließen die Bühne, einer nach dem anderen. Morton ging als dritter.

Ich blieb weiter sitzen. Ich sah mich um. Das Merridew-Theater hatte sich verwandelt. Wo vorher eine Ruine gewesen war, war nun ein mächtiger Tempel.

Der schwarze Kartenverkäufer kam herein. Ich war der letzte, der noch da war. Mit großem Gepolter begann er, die orangefarbenen Klappstühle zusammenzuräumen. Ich beschloss, ihm zu helfen. Nachdem ich ungefähr fünfzehn Stühle aufgestapelt hatte, hatte ich das Gefühl, dass ich mir ein paar Worte verdient hatte. »Das war wunderschön«, sagte ich.

Er legte noch vier weitere Stühle auf den Stapel, bevor er antwortete. »Stimmt.«

Ich brachte die nächsten fünf. »Gibt es Aufnahmen von ihm?«

»Nichts.«

Wieder fünf. »Hat er sonst noch was komponiert?«

»Nichts. Das einzige Mal, dass er so weit gekommen ist.«

Weitere fünf. »Ist er verheiratet?«

Eine blödsinnige Frage. Ich weiß nicht, wieso ich das gefragt habe. Aber ich wollte etwas sagen, was nichts mit Musik zu tun hatte, und das war das Erste, was mir einfiel. Irgendein Durcheinander in meinem Kopf, etwas, das mit seinem Verhältnis zur Welt zu tun hatte.

»Ob er ver*heiratet* ist?«, fragte der Mann und blickte mich zum ersten Mal an. »Ja, verheiratet ist er. Sie heißt Johnnie Walker.«

Ich hatte das Gefühl, dass ich ihn besser in Ruhe lassen sollte. Ich sah mich noch ein letztes Mal im Theater um. »Danke«, sagte ich, »bis dann.« Er antwortete nicht. Ich ging hinaus.

Am Tisch im Foyer zählte der Mann im Rollstuhl seine Einnahmen. Er blickte auf und nickte mir zu. Ich wartete, bis er seinen Packen Zehndollarnoten gezählt hatte.

»Das war wunderschön«, sagte ich.

Er lächelte. »Nicht wahr? Ich wünschte nur, sie hätten es zu Ende gespielt.« Er war freundlicher als der andere. Er sprach im Südstaatentonfall und mit hoher Stimme, mühsam, wie mit zugeschnürtem Hals.

»Ich fand es schön, so wie es war.«

»Ja, sicher, ich auch. So war es auch schön.«

»Hat er noch andere Sachen komponiert?«

»Oh ja, eine Menge. Aber nichts davon ist so *fertig* wie dieses hier.«

Er machte sich ans Zählen der Fünfdollarnoten.

»Ordentlich was eingenommen?«

»Es sollte reichen, um die Anzüge und die Stühle zu bezahlen.«

»Spielen Sie immer hier?«

»Nein, normalerweise spielen wir in der Aula der

Highschool, aber diesmal sollte es ein richtiges Theater sein, wo wir doch Johns Konzert aufführen. Das war schließlich die Weltpremiere.«

»Ich weiß. Sie sollten sehen, dass Sie es aufnehmen. Das wäre es wirklich wert.«

»Sicher, schön wäre das. Aber so was ist nicht leicht. Verdammt schwer sogar. Wir sind keine Profis, und klassische Musik verkauft sich nicht. Aber Billy probiert es sicher weiter.«

Jetzt zählte er den Stoß Dollarnoten. Hinter mir räusperte sich jemand. Ich drehte mich um.

Es war John Morton. Er hatte eine weite grüne Arbeitshose und ein dazu passendes Hemd an. Er hielt den Geigenkasten in der einen Hand und in der anderen eine Plastiktüte. Ich hatte ihn oben auf der Bühne gesehen, und als er jetzt so vor mir stand, erstarrte ich vor Ehrfurcht. Ich trat zur Seite.

»Hi, Fife«, sagte er. Er hatte einen nur leicht amerikanischen Tonfall, nicht viel anders als ein Kanadier. Fife hielt im Zählen inne.

»Hey, großer Meister. Tolles Konzert, Mann, tolles Konzert.«

»Finde ich nicht«, antwortete Morton.

»Wieso das? Wir haben gerade gesagt, es war wunderbar, nicht wahr?« Fife sah mich an.

»Ja, genau. Noch nie im Leben habe ich so etwas gehört. Es war unglaublich.«

»Aber ich hab's nicht zu Ende gespielt. Ich – «

»Das macht überhaupt nichts«, versicherte ihm Fife. »Es war schön, so wie es war.«

Ich nickte eifrig. Ich konnte meine Augen nicht von dem massigen Gesicht abwenden.

Morton schüttelte den Kopf. Er glaubte uns nicht. »Kann ich dir das geben?« Er hielt die Tüte in die Höhe und stellte dabei den Geigenkasten auf den Tisch. Das Bild auf der Tüte zeigte einen Fuchs im Smoking, darüber prangte der Schriftzug *Tuxedo Town Rentals*. Ich betrachtete den Geigenkasten. Ich stellte mir vor, dass ein kleines braunes Tier darin saß, sehr bissig und gefährlich, aber gefügig in den Händen seines Bändigers.

»Sicher«, sagte Fife. Er nahm den Beutel und sah hinein. »Alles drin?«

»Ja.«

»Gut.« Fife legte ihn neben seinen Rollstuhl, wo schon andere Beutel des Frackverleihs lagen.

»Danke. Also, ich muss los.« Morton wandte sich zum Gehen. Er fuhr sich mit der Hand durchs Haar.

»John, das war wunderbar«, sagte Fife noch einmal.

»Wo ist Billy?«

Fife wies zum Theatereingang.

»Was macht er?«

»Wahrscheinlich zertrümmert er Stühle.«

»Was hat er davon gehalten?«

»Nuuuun«, antwortete Fife mit einem lang gezogenen Ton, »einmal hatte ich das Gefühl, er reißt mir gleich das rechte Rad ab. Also hat es ihm wohl gefallen.«

»Ehrlich?«

»John, glaub mir. Genau so sollte es sein. So ergreifend, dass man es nicht zu Ende spielen kann.«

Morton nickte. »Wir sehen uns morgen, oder?«

»Wie immer.«

»Okay. Nacht, Fife. Danke.«

»Bis morgen, Johnnyboy. Jetzt sei mal stolz auf dich und nimm's nicht so schwer.«

Morton nickte noch einmal, nickte uns beiden zu und ging hinaus. Ich sah ihm nach. Fife zählte das Kleingeld. Sollte ich es riskieren? Es war zu spät. Nein, das war es nicht. Oder doch. Nein, war es nicht. Und dann war ich mir sicher: Es war nicht zu spät.

»So, ich muss auch los. Ein wunderbares Konzert – ich würde sogar sagen, das Beste, das ich in meinem ganzen Leben gehört habe. Bye.«

»Großartig. Tausend Dank. Bye.«

Schon war ich durch die Tür und lief den Korridor hinunter. Als ich nach draußen kam, sah ich gerade noch, wie Morton in seinem Wagen anfuhr und die Straße zur Rechten nahm. Es war ein riesiges kantiges Gefährt, das wie ein Schleppkahn tuckerte.

Ohne auch nur einen Augenblick zu zögern, lief ich ihm nach. Ich weiß nicht, was ich mir dabei dachte; es ist sonst nicht meine Art, Autos nachzulaufen (oder auch nur in einem anderen Auto nachzufahren). Binnen kurzem war Morton um die Straßenecke verschwunden. Aber dank roten Ampeln, gemächlichem Fahrstil, unübersichtlichen Einmündungen und einem wirklich energischen Sprint, um den mich auch der schärfste autohassende Hund beneidet hätte, blieb ich ihm immer auf den Fersen, auch wenn ich meilenweit gerannt sein muss. Keine Ahnung, durch welche Ganovenviertel ich dabei lief. Leute drückten sich an die Wand, wenn ich vorbeihastete. Als ich bei Mortons geparktem Wagen anlangte, war er nirgendwo mehr zu sehen. Ich rang nach Atem, ließ mich auf den Bürgersteig fallen. Ich war schweißgebadet, mein Herz pochte wild, und die Beine stachen entsetzlich. »Und all das für nichts«, keuchte ich.

Nach ein paar Minuten ging es mir wieder besser. Ich stand auf und inspizierte den Wagen. Gab es irgendwo ein Indiz auf seine Adresse?

Dann sah ich ihn. Auf der anderen Straßenseite. Er war in der Schalterhalle einer Bank. Natürlich war sie geschlossen – es war ja schon nach elf Uhr abends –, aber einige Lichter brannten. Morton ging an den Schaltern entlang. Er schob einen Wagen mit einem offenen Müllsack, mit Besen, Bürsten, Lappen und Fläschchen mit Putzmitteln vor sich her.

Er verdiente sein Geld mit Putzen.

Er schob den Wagen in die Mitte der Halle und holte eine Mr.-Clean-Flasche hervor. Er nahm zwei Schlucke daraus. Danach griff er zu einem Besen, einem weichen, flachen, orangeroten Ding, und fegte damit den Marmorboden. Als er fertig war, schob er den Wagen vor die Schalterreihe und verschwand rechts aus dem Blickfeld.

Er kehrte zurück und schob eine schwere Bohnermaschine vor sich her, die Art, die eine große runde Polierscheibe vorn hat und zwei kleine Räder dahinter. Er steckte den Stecker ein und machte sich ans Bohnern. Ich konnte die Maschine nicht hören, aber ich wusste, dass sie ein summendes Geräusch produzierte, nicht allzu laut. Morton ging damit in langsamen Bewegungen, immer hin und her, durch den Raum. Es hatte etwas Meditatives, und er schien durchaus zufrieden damit.

Was konnte ich dem Mann sagen? Ich hatte nur meinen Dank und meine Bewunderung. Würde er das falsch verstehen? Mich aufdringlich finden? Er hielt inne und trank aus seiner Mr.-Clean-Flasche. War er ein gutmütiger Trinker – oder würde er bösartig?

Bald hatte er den ganzen Boden gebohnert. Er zog den Stecker aus der Dose und wickelte die Schnur um die Maschine.

Ich musste eine Entscheidung fällen. Es war spät am Abend, es war dunkel, ich war so weit gelaufen – was konnte denn schlimmstenfalls geschehen?

Ich ging hinüber auf die andere Straßenseite und klopfte an die Scheibe.

Morton drehte sich um. Er blickte mich verwundert an.

Einen Augenblick lang betrachtete er mich, dann kehrte er zu seiner Arbeit zurück.

Ich klopfte noch einmal.

Wieder drehte er sich um. Ich zeigte nach rechts zum Haupteingang der Bank. Er breitete die Arme und zuckte mit den Schultern.

Ich hielt mir die linke Hand an die Schulter, hob die rechte und spielte eine imaginäre Violine.

Er kam näher ans Fenster. Ich wies noch einmal auf die Türen zu meiner Rechten, dann auf meinen Mund, dann auf ihn. *Ich möchte mit Ihnen reden.*

Er wies auf sein Handgelenk. *Weißt du eigentlich, wie spät es ist?*

Ich zuckte mit den Schultern. *Ja und?* Noch einmal mimte ich Geigenspiel.

Er nickte. Aber er rührte sich nicht.

Ich zeigte auf die Geige, applaudierte, legte mir die Hand aufs Herz. *Das war großartig.*

Er nickte. Und starrte mich weiter an. Dann streckte er seinerseits die Hand aus. Er wollte, dass wir von mir aus gesehen nach links gingen, nicht nach rechts.

Wir gingen nebeneinander her, ich um die Straßenecke, er um die Ecke der Schalterhalle. Er steuerte auf eine Tür zu. Er gab mir Zeichen, dass ich am Ende der Fenster weitergehen solle. Ich kam an eine gläserne Hintertür, die untere Hälfte davon mattiert. Morton schaltete das Licht ein, und ich sah, dass sie auf einen Gang führte. Er kam an die Tür.

Er musterte mich misstrauisch von oben bis unten.

Ich befeuchtete meine Fingerspitze und schrieb »Rankin« in Spiegelschrift auf das Glas.

Er nickte. Und malte ein Fragezeichen und zeigte auf mich.

Ich antwortete mit einem Ausrufezeichen und zeigte auf ihn.

Einen Moment lang betrachtete er mich noch, dann holte er einen schweren Schlüsselbund hervor.

Er steckte einen Schlüssel in einen Schalter in der Wand und drehte ihn um ein Viertel. Dann schloss er die Tür auf. Sie war mit drei Sicherheitsschlössern versehen. Er öffnete sie.

»Hören Sie«, sagte ich, »ich wollte nur sagen, wie großartig Ihr Konzert war. Es war atemberaubend. Nie hätte ich so etwas erwartet. Diese dissonante Violine, das war – «

»Ich kann die Tür nicht so offen lassen. Komm rein.«

Rasch trat ich ein. »Danke. Aber ich will Ihnen nicht zur Last fallen.«

»Schon in Ordnung.«

Er verschloss die Tür hinter mir wieder und stellte den Schlüsselschalter an der Wand wieder zurück.

»Etwas wie diese dissonante Violine habe ich nie zuvor gehört. Das war das Schönste, was ich in meinem ganzen Leben gehört habe.«

Morton lächelte. Aber er sah mich nicht an.

»Wunderbar, wunderbar. Danke. Ähm – ich muss arbeiten. Wir können bei der Arbeit reden.«

»Einverstanden.«

Wir gingen über den frisch gebohnerten Boden.

»Haben Sie noch viel anderes komponiert?«

»Eine Menge. He, wie wär's, wenn du die Telefone für mich abwischst? Während wir reden? Ich zeige dir, wie's geht.«

»Sicher, gern.«

Er nahm ein Tuch und eine weiße Plastikflasche vom Wagen. Ich folgte ihm hinter die Schalter.

»Also, das macht man so. Zuerst spitzt du ein bisschen hiervon auf das Tuch.« Es roch nach Alkohol. Er hob ein Telefon hoch. »Dann wischst du das Gehäuse ab, die Gabel

– du drückst sie runter, da brauchst du nicht zu wischen –, dann die Tasten. Als Nächstes der Hörer. Vor allem das Mikrofon gut abwischen. Dann legst du den Hörer wieder auf und wischst zum Schluss noch mal drüber, damit keine Fingerabdrücke bleiben. Klar?«

»Klar.«

Eine Bank hat eine Menge Telefone. Morton holte eine Flasche Fensterreiniger und einen sauberen Lappen. Er begann die Plexiglasscheiben der Schalter zu putzen. Du bist in Washington, ging es mir durch den Kopf, es ist tiefe Nacht, der Mann neben dir ist Mozart, und du wischst Telefone ab.

»Sie sollten Ihr Konzert für das Radio aufnehmen.«

»Wir sind keine Profis. Ein ›Freizeitorchester‹ hat uns mal jemand genannt.«

»Und wenn man Profis dazu brächte, es zu spielen?«

»Das wäre eine Idee.«

Eine, die sie schon ohne Erfolg probiert hatten, wie ich aus seinem Tonfall schloss.

Ich kam ans letzte Telefon. »Und Donald Rankin war ein Freund von Ihnen?«

»Oh ja.«

Keine weiteren Einzelheiten. Ich machte das nicht richtig. Ich versuchte es mit einem anderen Ansatz.

»Soll ich die Tische noch machen?«

»Das wäre eine Hilfe.« Er holte mir einen anderen Lappen, ein weiches Ledertuch. »Hier wird nur abgestaubt. Wenn du etwas wegnimmst, achte darauf, dass du es an exakt die gleiche Stelle zurücklegst, vor allem die Papiere.«

»Jawoll.«

Eine Bank hat eine Menge Schreibtische. Er ging nach vorn und putzte die andere Seite der Scheiben. Wir arbeiteten schweigend.

»Ich wünschte, ich hätte es zu Ende gespielt«, sagte er

schließlich. »Wenn wir unter uns sind, spielen wir es ohne weiteres. Aber in der Öffentlichkeit, vor so vielen Leuten, packt mich entsetzliches Lampenfieber. Diese ganzen verfluchten Fehler. Dabei sollte es vollkommen sein.«

»Ich glaube, was Fife gesagt hat, stimmt. Die Fehler spielen keine Rolle.«

Er antwortete nichts darauf. Ich kehrte zu meiner Arbeit zurück.

Er wischte die letzte Scheibe und kam dann und half mir bei den Schreibtischen.

»Bach zum Beispiel, der ist ein Teil der Welt. Wenn er plötzlich fort wäre, würde etwas fehlen. Es bliebe eine Lücke, in Deutschland und auch in uns. Aber ich, was bin ich? Ein Stück Freizeitunterhaltung. Ein Tennisball. Ich bin ein lächerlicher Konkurrent von Spielkarten und Kreuzworträtseln und Fernsehshows. Liebe Güte – noch nicht mal lächerlich. Seit elf Jahren arbeite ich hier. Ich habe in der Kantine ein Plakat aufgehängt und meinen Namen unterstrichen. Der Mann, der seit elf Jahren euren Arbeitsplatz sauber hält. Welturaufführung. Ist einer von ihnen gekommen? Nicht ein Einziger. Bescheuert, wie ich mein Leben vertue. Ich hole den Staubsauger.«

Er ging zu der Bohnermaschine, drückte die Griffe und schob sie fort. Er kehrte mit einem Staubsauger zurück. Ich hatte etwas Großes, Professionelles erwartet, etwas in der Art einer Tonne, aber er kam mit einem winzigen Gerät auf drei Rädern zurück, mit sehr langem Stromkabel. Er stöpselte es ein. Er sah, wie ich den Apparat ansah.

»Staubsauger sind wie Hunde«, sagte er. »Je kleiner sie sind, desto lauter.«

Er schaltete ihn ein. Er hatte Recht. Dieser Chihuahua von einem Staubsauger machte mehr Lärm als ein Düsentriebwerk.

»DU RÜCKST – «, brüllte Morton. Er stellte ihn ab. »Du rückst die Stühle und Papierkörbe beiseite, und ich sauge. Okay?«

Ich nickte, und er stellte ihn wieder an. Das Ding saugte, dass einem angst davon werden konnte. Ich staunte, dass er nicht den Flor vom Teppichboden saugte und nur noch das Gewebe übrig ließ. Ich schob die Stühle beiseite und hob die Papierkörbe hoch.

Eine Bank hat eine Menge Teppichboden.

Morton erhob wieder die Stimme. Anscheinend machte es ihm nichts aus, dass er brüllen musste. Ich habe sogar den Verdacht, dass ihm das Geräusch gelegen kam.

»IN EINER ZEITSCHRIFT HABE ICH MAL VON EINEM CHOREOGRAFEN GELESEN, DER ÜBER LEUTE LACHTE – *LACHTE* –, DIE TANZ FÜR EINE FORM VON UNTERHALTUNG HIELTEN. ER SAGTE, TANZ IST EINE LEBENSPHILOSOPHIE. DAS GEFÄLLT MIR – EINE LEBENSPHILOSOPHIE. WEISST DU, WO ICH AM GLÜCKLICHSTEN MIT MEINER MUSIK GEWESEN BIN? SOLL ICH ES DIR VERRATEN?«

Jajaja, nickte ich.

»DAS WAR DAMALS IN VIETNAM. ICH BIN RÜBERGEGANGEN MIT NEUNZEHN. ICH DACHTE, ES IST EIN ABENTEUER. IM OKTOBER 1967 KAM ICH AN, UND WO STECKE ICH IM JANUAR? *KHE SANH!* HAST DU SCHON MAL VON KHE SANH GEHÖRT? NICHT? ES WAR EINE BELAGERUNG. MIT ALLEN MODERNEN WAFFEN, ABER EIGENTLICH WIE IM MITTELALTER. WIR WAREN VON DER NORDVIETNAMESISCHEN ARMEE UMZINGELT. DER SCHEISS-WESTMORELAND ERZÄHLT UNS, WIR SOLLEN ES AUSSITZEN. SIEBENUNDSIEBZIG TAGE HAT DAS GEDAUERT. SIEBENUND-

SIEBZIG TAGE LANG RUNDUM LEUTE, DIE AUF EINEN SCHIESSEN, MIT RAKETEN UND GRANATWERFERN. DAS WAR DIE HÖLLE. WIR HABEN EIN LABYRINTH AUS GRÄBEN GEBAUT UND HAUSTEN DARIN WIE NASSE RATTEN. DA HABE ICH AUCH DON RANKIN KENNEN GELERNT. WEISST DU, VON WO ER KAM? MOSCOW MILLS, MISSOURI. IST DAS ZU FASSEN? DA SITZEN WIR UND KÄMPFEN GEGEN DIE KOMMUNISTEN, UND ER KOMMT AUS *MOSKAU*. WIR HÄTTEN IHN BEINAHE ERSCHOSSEN, ALS ER UNS DAS ERZÄHLTE. ICH LACHE HEUTE NOCH DRÜBER. ICH BIN ÜBRIGENS MAL HINGEFAHREN, NACH MOSCOW MILLS.«

Einen Moment lang blieb er stehen, blickte versonnen vor sich hin. Dann begann er wieder zu saugen, mit geraden, klaren Bewegungen.

NA JEDENFALLS HABE ICH BRIEFE GESCHRIEBEN, BRIEFE NACH HAUSE, UND ES GAB SO VIELE SACHEN, DIE ICH GERNE GESAGT HÄTTE. ABER ICH WUSSTE NICHT WIE. ICH BLIEB STECKEN. MEINE SÄTZE WAREN SO SUMPFIG, MAN HÄTTE SIE TROCKENLEGEN MÜSSEN. UND ICH WOLLTE MEINEN ELTERN UND MEINER SCHWESTER AUCH KEINE ANGST EINJAGEN. UND WEIL MIR NICHTS ANDERES EINFIEL, SCHRIEB ICH EINFACH DIE SONGS HIN, DIE ICH IM RADIO HÖRTE. AUCH DIE TEXTE DAZU, ABER OFT IN MEINEN EIGENEN FASSUNGEN, ODER ICH SCHRIEB SIE GANZ NEU. KANNST DU DIR VORSTELLEN, WIE ELVIS PRESLEY AUF DER GEIGE KLINGT? ODER MOTOWN? ODER DIE MAMAS AND PAPAS? ›MONDAY, MONDAY‹, DAS HABE ICH IMMER MIT BEGEISTERUNG GESPIELT.«

Er grinste breit.

IN SAIGON HABE ICH TATSÄCHLICH EINE VIOLINE AUFGETRIEBEN. ICH HATTE AUF DER HIGHSCHOOL MUSIKUNTERRICHT GEHABT. ICH KONNTE NOTEN LESEN UND AUCH SCHREIBEN. DEM HIMMEL SEI DANK, DASS ICH DIE GEIGE HATTE. ICH SCHRIEB ALSO DIE SONGS MIT MEINEN EIGENEN TEXTEN AUF UND SCHICKTE SIE MEINEN ELTERN, ALS ZEICHEN, DASS ICH AM LEBEN WAR UND DASS ES MIR GUT GING. SIE KÖNNEN ZWAR KEINE NOTEN LESEN, ABER IMMERHIN LASEN SIE DIE VERSE WIE BRIEFE. WAR SCHON IRGENDWIE BLÖDSINN, ABER SO HABEN WIR'S GEMACHT. ABER ICH MUSSTE DIE TONART UND DIE NOTEN HERAUSHÖREN, UND IRGENDWANN WAR MIR DAS DOCH ZU BLÖD. ICH WOLLTE ETWAS – WIE SOLL ICH DAS AUSDRÜCKEN?«

Er machte eine ausladende Geste.

ETWAS, DAS WEITER *WEG* WAR VON DIESER GANZEN SCHEISSE IN VIETNAM, ETWAS, BEI DEM MEIN VERSTAND WIEDER ZUR BESINNUNG KOMMEN KONNTE. UND DA HABE ICH ANGEFANGEN, MEINE EIGENEN SACHEN ZU SCHREIBEN. DER KRIEG HAT EINEN KOMPONISTEN AUS MIR GEMACHT. ICH SAH HINAUF ZU DEN GRÜNEN HÜGELN, WIE SIE UNTER DEN BOMBEN ZERPLATZTEN, UND HÖRTE SCARLATTI, BACH, HÄNDEL, CORELLI. IN KHE SANH, DA VERSTAND ICH MIT EINEM MAL, WAS BAROCKMUSIK IST. WENN DIE GESCHÜTZE SCHWIEGEN UND WENN ES NICHT REGNETE, DANN SUCHTE ICH MIR EIN TROCKENES, SCHATTIGES PLÄTZCHEN UND GING AN DIE ARBEIT. EINMAL ZUPFTE WILBUR ETWAS AUF MEINER GEIGE –

WILBUR WAR AUCH EIN FREUND –, UND EINE SAITE RISS. DAS GESICHT HÄTTEST DU SEHEN SOLLEN. ICH MEINE, ICH HATTE NOCH ERSATZSAITEN, ES WAR ÜBERHAUPT NICHT SCHLIMM. ABER ER WAR SO UNGLÜCKLICH, ICH HATTE ANGST, DASS ER SICH ERSCHIESST. UND WEISST DU, WAS ER GETAN HAT? ER WAR FUNKER. ICH WEISS NICHT, WIE ER DAS GESCHAFFT HAT, ABER ALS DER NÄCHSTE VERSORGUNGSHUBSCHRAUBER SEINE BÜNDEL ABWARF, WAREN DA SO VIELE VIOLINSAITEN DRIN, DASS MAN EIN GANZES ORCHESTER HÄTTE BESPANNEN KÖNNEN. WILBUR HAT MIR AUCH NOTENPAPIER BESORGT. JA, DIE JUNGS WAREN BEGEISTERT. WENN ICH ANFING ZU SPIELEN UND IRGENDWO IN DER NÄHE LIEF EIN RADIO, SCHALTETEN SIE ES AUS. DA BIN ICH AM GLÜCKLICHSTEN GEWESEN MIT MEINER MUSIK, IN EINEM DRECKLOCH IN DER HÖLLE MITTEN IM KRIEG.«

Wir waren fertig. Er stellte den Staubsauger ab. Man konnte die Stille körperlich spüren.

»Seitdem habe ich nur noch mein Leben vertan«, sagte er.

Er zog den Stecker.

»Willst du einen Drink?«

»Nein, danke.«

Er ging hinüber und griff zur Mr.-Clean-Flasche.

»Es ist verboten«, sagte er mit einem Lächeln, einem traurigen Lächeln. Er nahm einen Schluck und stand dann da und blickte in die Ferne. Einige Sekunden lang. Er hielt die Mr.-Clean-Flasche mit zwei Fingern und ließ sie sanft schaukeln.

»Scheiße, ich wünschte, ich hätte das besser gespielt.«

»Irgendwann spielen Sie es noch einmal, und dann wird es gut.«

Er nickte. Überzeugt war er nicht.

Ich wurde nicht schlau aus ihm. Ich hätte allen Alkohol, alle Einsamkeit, alle vergeudete Zeit dieser Welt in Kauf genommen, hätte ich dafür etwas so Wunderbares schaffen können. Sicher, das sagt sich leicht, und wahrscheinlich sieht es ganz anders aus, wenn man es wirklich durchmachen muss. Aber trotzdem. Trotzdem.

»Ja, Donald Rankin war ein Freund von mir.« Ein knapper, tiefer Atemzug. »Ich bringe den Staubsauger weg.« Er verschwand damit.

»Ein mieser Job ist das«, sagte er, als er zurückkam. »Langweilig. Aber immerhin kommt Geld in die Kasse, und wenigstens habe ich meine Ruhe. Und eines mag ich. Das ist immer das Letzte, was ich tue, wenn ich hier unten fertig bin. Ich sehe jedes Mal nach. Hier: eins, zwei, drei.«

Er wies auf drei Schreibtische.

»Hier arbeiten meistens Frauen.«

Er zog bei einem der Tische die oberste linke Schublade auf. Sie enthielt genau das, was man von einer Schreibtischschublade in einer Bank erwartet hätte, ein Sortiment an Papieren und Formularen.

»Da.« Er ging mit dem Zeigefinger immer näher heran, bis ich sah, was er meinte. Neben den Umschlägen mit dem Signet der Bank. Kaum zu sehen.

Ein Tampon.

Er ging zu einem anderen Tisch. Wieder zog er eine Schublade auf. »Da.« Ein weiterer Tampon.

Ein dritter Tisch. Eine dritte Schublade. Ein dritter Tampon.

»Es gibt noch mehr weibliche Angestellte hier, aber die anderen lassen keine im Schreibtisch. Oder vielleicht in den verschlossenen Schubladen. Oder sie haben sie in der Handtasche. Ich weiß es nicht.«

Behutsam zog er den dritten Tampon hervor. Die Papiermanschette war abgegriffen und zerknittert.

»Diese Dinger sind das einzige Zeichen von Leben hier. Ich sehe sie an, und Sachen wie *Blut ... Sex ... Kinder ... Liebe* gehen mir durch den Kopf. Ich habe mal an einer Wand in Philadelphia einen Spruch gesehen: ›Ich bin eine Zauberin: Ich kann fünf Tage bluten und sterbe trotzdem nicht.‹ Das gefällt mir. Alles andere hier ist tot. Tot und blutlos. Ich hasse diesen Laden. Jedes Mal wenn ich bei Tage herkomme, gefällt es mir, und ich lasse mich beinahe verführen. Es ist bequem, es ist warm, die Leute sind freundlich, man weiß, was von einem erwartet wird. *Du solltest sehen, dass du hier eine Stelle bei Tage bekommst*, sage ich mir. *Es wird gut bezahlt, jedenfalls besser als das, was du jetzt hast; du bist mit anderen Leuten zusammen, du arbeitest zu vernünftigen Zeiten – he, warum denn nicht?* Und dann merke ich, was ich gerade tue. Dieser Ort ist gefährlich, er ist hinterhältig. Klammheimlich schleicht er sich ins Bewusstsein. Man gewöhnt sich an die Routine. Irgendwann denkt man, es ist ganz normal. Nach einer Weile hat man das Gefühl, es gibt überhaupt nichts anderes. Dann kniept man mit den Augen, vierzig Jahre sind vorbei, das Leben ist zu Ende. Manchmal komme ich tagsüber her, blicke von außen durchs Fenster und frage mich: *Warum verlangen sie nicht mehr?* Früher war es noch ein vierter Schreibtisch. Dann vor ungefähr einem Jahr verschwand der Tampon. Ich fand das wunderbar. Ich hätte gewettet, damit hatte sie nicht gerechnet. *Mist mit der Periode*, hatte sie gedacht. *Da wird doch wohl nicht –* Aber als ich den Papierkorb ausleerte, fand ich den Tampon, unbenutzt. Sie hatte ihn in Papier gewickelt und fortgeworfen. Ich war am nächsten Tag früh wach und kam her, bevor die Bank schloss. An dem Tisch sah ich eine Frau Anfang fünfzig: Laura Brooks.«

Er wies auf einen Schreibtisch. Darauf stand ein graues Plastikschild mit ihrem Namen in schwarzen Buchstaben.

»Ich habe nicht mit ihr gesprochen. Ich habe sie nur angesehen und dabei getan, als läse ich in Prospekten. Manchmal lächelte sie, wenn Leute mit ihr sprachen, aber die meiste Zeit saß sie mit ernstem Gesicht da, ganz in ihre Arbeit vertieft. Sie tat mir Leid. Das Ende ihrer Fruchtbarkeit. Ein ganz privates Drama an einem öffentlichen Ort. Ich habe etwas über sie geschrieben. Das Laura-Brooks-Konzert. Ich nenne alle meine Stücke nach Leuten. Das hilft mir, mich auf die Arbeit zu konzentrieren. Es ist ein Konzert in zwei Sätzen für Flöte, Violine und Orchester. Ich habe es fast fertig.«

Er legte den Tampon exakt an seinen Platz zurück, zupfte ihn zurecht, bis er mit dem Ergebnis zufrieden war.

»Ja, ich werde mich ransetzen und es zu Ende schreiben.«

Morton sah sich um. Er blickte auf die Uhr an der Wand. Schon nach eins.

»Ähm ... hier sind wir fertig. Aber ich habe noch eine Menge Büros zu machen, hier unten und im ersten Stock, und eigentlich dürftest du ja nicht hier sein.«

»Kein Problem. Ich wollte Ihnen nicht zur Last fallen. Sollte ohnehin sehen, dass ich nach Hause komme.«

Wir kehrten auf den Gang zurück, über den ich gekommen war.

»Hier, ich zeige dir noch, wo ich komponiere.«

Wir wandten uns nach rechts. Er öffnete die dritte Tür auf der linken Seite und schaltete das Licht ein. Es war ein ganz gewöhnliches Büro: ein Tisch, ein Stuhl, zwei Stühle vor dem Tisch, zwei Aktenschränke, eine Zimmerpflanze, an der Wand ein Bild in Pastelltönen – Segelboot auf See.

»Vor dem Putzen oder zwischendrin oder danach, je

nach Laune, komme ich her und arbeite an meiner Musik. Ich habe einen Notenständer im Spind. Ich weiß auch nicht, warum ich ausgerechnet hierher komme. Es gibt größere und schönere Büros. Einfach Gewohnheit, nehme ich an.«

»Und hier ist auch das Rankin-Konzert entstanden?«

»Nein, den Rankin habe ich schon vor Jahren geschrieben. Aber eine Menge anderer Sachen.« Er überlegte. »Ich mag dieses Büro. Ich fühle mich wohl hier.«

Er schaltete das Licht wieder aus. Wir gingen an die Glastür zur Straße.

»Es freut mich, dass dir mein Konzert gefallen hat«, sagte er. »Das macht mir Mut.«

»Es war großartig. Das werde ich nie vergessen.«

»Wunderbar, wunderbar.«

Er steckte wieder den Schlüssel in das Schloss an der Wand und schloss dann die Tür auf.

»Es war eine Ehre, Sie kennen zu lernen, Mr. Morton.«

»Schön. Danke für die Hilfe hier.«

Wir reichten uns die Hand.

Ich war wieder draußen. Er hielt die Tür offen.

»Wenn ich das nächste Mal in Washington bin, halte ich Ausschau, ob Sie wieder spielen.«

»Tu das. Wir spielen zwei-, dreimal im Jahr, wenn es geht.«

»Ich halte die Augen offen.«

»Schön, danke. Bis dann.«

Er verschloss die Tür hinter mir und schaltete die Alarmanlage wieder ein. Bevor er sich abwandte, lächelte er und winkte mir zu.

Eilig ging ich an die Ecke und von da auf die andere Straßenseite, wo sein Auto stand. Dort war es dunkel, und er konnte mich nicht so leicht sehen. Ich beobachtete ihn, wie er durch die Schalterhalle ging, den Wagen nahm und damit rechts in der Tiefe des Bankhauses verschwand.

Es war spät, fast halb drei, als ich wieder in der Wohnung ankam. Mein Freund war noch auf und in gesprächiger Stimmung. Er war gut mit seiner Arbeit vorangekommen, und der Schreibtisch war übersät mit Berichten und Notizen. Mir ging durch den Kopf, wie verschiedenartige Dinge zur gleichen Zeit geschehen. Wie unterschiedlich er und ich die letzten Stunden zugebracht hatten. Er fragte mich, wie das Konzert gewesen sei. Aber irgendwie war mir nicht danach, von John Morton und dem Rankin-Konzert und der dissonanten Violine zu sprechen. Am liebsten hätte ich geweint. Ich atmete tief durch und versicherte ihm, dass mein Konzert »sehr gut« gewesen sei. »Vom Merridew-Theater hatte ich noch nie gehört«, sagte er. Ich fragte ihn nach seinem Arbeitstag. Er erzählte mir das Neueste von Eastern.

Gleich am nächsten Morgen ging ich zum Vietnamkriegsdenkmal. Es ist seltsam anrührend. Direkt in der Erde steckt ein riesiger Winkel, auf dessen schwarzen Marmorwänden die Namen der Gefallenen stehen. Es ist ein taktiles Denkmal; es ist so gedacht, dass man die Namen berühren soll. Genauer gesagt muss man sie sogar berühren. Und da stand er. Ich fand ihn. Donald J. Rankin. Ich ließ die Finger sanft über seinen Namen gleiten. Dann wandte ich mich ab und weinte über diesen Krieg, der nichts mit mir zu tun hatte und über den ich kaum etwas wusste.

Das war vor einigen Monaten. Jetzt haben wir Sommer 1989. Vielleicht sind Williams und seine Truppe schon das nächste Mal aufgetreten. Vielleicht haben sie das Laura-Brooks-Konzert für Flöte, Violine und Orchester gespielt.

Eine Zeit lang habe ich Leuten von dem Konzert im Merridew erzählt. Aber die Reaktionen waren immer enttäuschend. Zuerst sprach ich vom »Komponisten John

Morton«. Ausdruckslose Gesichter. Also sagte ich »der amerikanische Komponist John Morton«. Aber auch das reichte nicht. Ich wusste genau, ich hätte sagen müssen »ein amerikanischer Komponist namens John Morton«. Aber das ärgerte mich. Als müsste ich »ein österreichischer Komponist namens Wolfgang Amadeus Mozart« sagen, damit die Leute mich verstehen. Heute behalte ich John Morton meist für mich.

Mein Freund ist nicht mehr in Washington. Er arbeitet nach wie vor für Price Waterhouse, aber jetzt in New York. Wir bleiben in Verbindung.

Eastern Airlines sind in Konkurs gegangen. Die Sache zieht sich noch hin, aber ich lese die Meldungen nicht mehr. Das letzte, was ich gehört habe, war, dass Peter Ueberroth, der Mann, der 1984 die Olympischen Spiele in L. A. organisierte, einsteigen will.

Ich habe einen Studienplatz an der juristischen Fakultät bekommen. Nicht dass ich Jurist werden will, aber ich habe mir sagen lassen, ein abgeschlossenes Jurastudium sei ein gutes Sprungbrett. Ein Sprungbrett zu was? Ich bin intelligent – das sagen die Leute mir –, aber ich weiß nicht, was ich mit meinem Leben anfangen soll. Ich bin rastlos. Ich fürchte mich, dass ich eines Tages irgendwo arbeite – Krawatte, Büro, Schreibtisch, Routine –, und ich blicke auf und sehe einen Mann, der mich von draußen beobachtet, und an seinem Gesicht kann ich ablesen, was er denkt. *Warum verlangt er nicht mehr?*

Ich fürchte mich davor, dass ich eines späten Abends, vielleicht nachdem ich eine abstruse Anekdote von einem Komponisten, der sich sein Geld mit Putzen verdiente, erzählt habe, aufspringe, so heftig, dass ich den Stuhl umstoße, und mich brüllen höre: »Hörst du? Ich hatte alles; hier; zum Greifen nah.«

1096 Arten zu sterben

Todesart Nr. 18

Sehr geehrte Mrs. Barlow,

als Direktor der Strafvollzugsanstalt Cantos möchte ich Sie gemäß den Bestimmungen des Gesetzes zur Informationsfreiheit davon in Kenntnis setzen, wie Ihr Sohn Kevin Barlow, für begangene Straftaten rechtskräftig zum Tode durch den Strang verurteilt, sich seiner Hinrichtung gestellt hat.

Als Henkersmahlzeit wünschte sich Kevin: Gemüsesuppe mit Kräckern, Truthahn (nur weißes Fleisch) und Bratensoße, Erbsen, Möhren und Kartoffeln, einen Cäsarsalat, Rotwein, Käsekuchen. Er rührte nichts davon an.

Die Dienste von Pater Preston nahm Kevin nicht in Anspruch.

Regelmäßigen Kontrollen im Verlauf von Abend und Nacht nach zu urteilen, war Kevin erregt und schlaflos. Er ging in seiner Zelle auf und ab, saß auf seinem Bett, hangelte sich zum Fenster empor und sah hinaus.

Um 6 Uhr morgens, als ihm die Dienste von Pater Preston erneut angeboten wurden, ließ Kevin ihn kommen. Was zwischen ihnen gesprochen wurde, ist durch das Beichtgeheimnis geschützt und nur Pater Preston und dem Allmächtigen bekannt.

Als ich um 6 Uhr 50 mit den befugten Personen Kevins Zelle betrat, fand ich ihn an der Außenseite der Zelle unterhalb des Fensters; Pater Preston stand neben ihm. Ich würde Ihren Sohn beschreiben als: blass und verängstigt. Ich verlas ihm das Todesurteil, wie es gemäß dem Gesetz von den ordentlichen Gerichten dieses Landes gefällt worden war; ich teilte ihm mit, dass ich gekommen sei, dieses Urteil zu vollstrecken, und fragte ihn, ob er verstanden habe. Kevin reagierte nicht, aber er verstand mich wohl. Ich forderte ihn auf mitzukommen. Er zitterte am ganzen Leib und schien nicht in der Lage, zu gehen, und zwei Wärter stützten ihn. Es geschah ohne jede Gewalt, das versichere ich Ihnen.

Als wir den Korridor hinuntergingen, konnte Kevin sich nur mit Mühe auf den Beinen halten und war auf die weitere Hilfe der Wärter angewiesen. Sein Atem ging schwer. Als er den Galgen sah, atmete er umso heftiger.

Dr. Lowe versicherte Kevin, dass er bei der Hinrichtung keinen Schmerz spüren werde, was auch den Tatsachen entspricht. Kevin fasste den Arzt am Arm und fragte mit zitternder Stimme, wie er das wissen könne. Der Doktor erklärte ihm, dass beim Hängen der Tod nicht durch Erdrosseln, sondern durch Genickbruch erfolgt; dies geschieht in Sekundenbruchteilen und führt zum sofortigen Verlust des Bewusstseins, so dass für Schmerz keine Zeit mehr bleibt. Dr. Lowe versicherte Kevin noch einmal mit Nachdruck, dass er keinen körperlichen Schmerz erleiden werde.

Aus den ärztlichen Unterlagen ging hervor, dass Kevin Raucher war, und so bot ich ihm eine letzte Zigarette an. Er nahm sie, führte sie jedoch nicht an die Lippen. Ich erklärte ihm, dass noch eine Minute bleibe, um sich zu stärken und zu sammeln, und bot ihm einen Stuhl an. Er setzte sich und starrte zu Boden.

Als die Minute um war, fragte ich Kevin, ob er noch ein

letztes Wort sprechen oder eine Botschaft hinterlassen wolle. Mühsam atmend antwortete er: »Sagen Sie meiner Mutter, dass ich sie liebe.« Ich versprach ihm, dass ich es Ihnen übermitteln würde. Er wollte noch etwas sagen, doch er verfiel in ein solches Stottern, dass ich beim besten Willen nichts mehr verstehen konnte.

Ich reichte Kevin zum Abschied die Hand.

Mr. Rothway und die Wärter führten Kevin zum Galgen und ließen ihn Aufstellung über der Falltür nehmen. Mr. Rothway band ihm die Hände auf den Rücken, zog ihm eine Kapuze über den Kopf und legte ihm die Schlinge um den Hals. Kevin beschmutzte seine Hose.

Um 7 Uhr 01 wurde die Falltür ausgelöst, und Ihr Sohn Kevin Barlow starb einen schmerzlosen Tod.

Seien Sie meiner Anteilnahme versichert.

Ihr ergebener

Harry Parlington
Direktor
Strafvollzugsanstalt Cantos

HP:ym

Todesart Nr. 213

Sehr geehrte Mrs. Barlow,

als Direktor der Strafvollzugsanstalt Cantos möchte ich Sie gemäß den Bestimmungen des Gesetzes zur Informationsfreiheit davon in Kenntnis setzen, wie Ihr Sohn Kevin Barlow, für begangene Straftaten rechtskräftig zum Tode durch den Strang verurteilt, sich seiner Hinrichtung gestellt hat.

Als Henkersmahlzeit wünschte sich Kevin: Pellkartoffeln. Er aß nur eine Einzige, aber er bat, ihm den Teller für die Nacht da zu lassen.

Pater Preston blieb einundzwanzig Minuten bei Kevin. Was zwischen ihnen gesprochen wurde, ist durch das Beichtgeheimnis geschützt und nur Pater Preston und dem Allmächtigen bekannt.

Regelmäßigen Kontrollen im Verlauf von Abend und Nacht nach zu urteilen, war Kevin ruhig und gefasst. Er ging in seiner Zelle auf und ab, saß auf seinem Bett, hangelte sich zum Fenster empor und sah hinaus. Gegen etwa 1 Uhr nachts legte er sich auf seine Pritsche, schlug sich die Decke über und schlief allem Anschein nach ein.

Um 6 Uhr morgens, als ihm die Dienste von Pater Preston erneut angeboten wurden, reagierte Kevin nicht.

Als ich um 6 Uhr 50 mit den befugten Personen Kevins Zelle betrat, fand ich ihn auf seinem Bett liegend, mit der

Decke bedeckt, ohne Bewusstsein. Dr. Lowe untersuchte ihn unverzüglich und stellte den Tod fest.

Kevin hatte sich das Leben genommen. Die Autopsie ergab, dass er sich mit Hilfe einer Kartoffel erstickte, die er in einen Strumpf gesteckt und sich in den Hals gezwängt hatte. Der Tod trat vermutlich zwischen ein und drei Uhr morgens ein.

Das ist nicht der Ausgang, den ich mir gewünscht hätte (nichts von alldem hätte ich mir gewünscht), aber dass Kevin es so wollte, dass er selbst Art und Zeitpunkt seines Todes bestimmte, wird Ihnen vielleicht ein Trost sein.

Seien Sie meiner Anteilnahme versichert.

Ihr ergebener

Harry Parlington
Direktor
Strafvollzugsanstalt Cantos

HP:ym

Todesart Nr. 319

Sehr geehrte Mrs. Barlow,

als Direktor der Strafvollzugsanstalt Cantos möchte ich Sie gemäß den Bestimmungen des Gesetzes zur Informationsfreiheit davon in Kenntnis setzen, wie Ihr Sohn Kevin Barlow, für begangene Straftaten rechtskräftig zum Tode durch den Strang verurteilt, sich seiner Hinrichtung gestellt hat.

Als Henkersmahlzeit wünschte sich Kevin: eine halbe Avocado mit Thousand-Island-Dressing, Lachs mit Zitronen-Butter-Soße, Möhren und Kartoffeln, australischen Weißwein und Schokoladeneis. Er rührte nichts davon an, ausgenommen das Schokoladeneis, von dem er sich eine zweite Portion bringen ließ.

Pater Preston blieb sechzehn Minuten bei Kevin. Was zwischen ihnen gesprochen wurde, ist durch das Beichtgeheimnis geschützt und nur Pater Preston und dem Allmächtigen bekannt.

Regelmäßigen Kontrollen im Verlauf von Abend und Nacht nach zu urteilen, war Kevin sehr erregt und schlaflos. Er lief panisch in seiner Zelle auf und ab, murmelte vor sich hin, hangelte sich zum Fenster empor und sah hinaus.

Um 6 Uhr morgens, als ihm die Dienste von Pater Preston erneut angeboten wurden, lachte Kevin nur und murmelte weiter vor sich hin.

Als ich um 6 Uhr 50 mit den befugten Personen Kevins Zelle betrat, fand ich ihn auf seinem Bett sitzend, anscheinend bester Laune; er kicherte. Als er mich sah, lachte er sogar laut. Ich würde Ihren Sohn beschreiben als: erhitzt und erregt. Obwohl er immer weiter lachte, verlas ich ihm das Todesurteil, wie es gemäß dem Gesetz von den ordentlichen Gerichten dieses Landes gefällt worden war; ich teilte ihm mit, dass ich gekommen sei, dieses Urteil zu vollstrecken, und fragte ihn, ob er verstanden habe. Kevin lachte nur. Ich machte mir Sorgen um seinen Geisteszustand. Ich fragte Dr. Lowe, ob man ihn für unzurechnungsfähig erklären könne, was einen Aufschub der Hinrichtung bedeutet hätte. Dr. Lowe erwiderte, nach seinem medizinischen Urteil sei Kevins Lachen der psychischen Belastung zuzuschreiben und kein Zeichen von Geistesverwirrung; Kevin wisse genau, was vorgehe. Ich forderte ihn auf mitzukommen. Er lachte nur immer weiter und rührte sich nicht. Er leistete ein wenig Widerstand, als die Wärter ihn ergriffen – er wand sich, zog die Arme zurück, mehr nicht –, aber dann gab er nach. Es geschah ohne jede Gewalt, das versichere ich Ihnen.

Als wir den Korridor hinuntergingen, lachte Kevin immer weiter, er hatte Mühe, auf den Beinen zu bleiben, und war auf die weitere Hilfe der Wärter angewiesen. Als er den Galgen sah, lachte er schallend. Ich machte mir Sorgen, da sein Gesicht rot angelaufen war und er nach Luft japste. Dr. Lowe erklärte mir, in diesem Stadium könne man nichts dagegen unternehmen; es sei nicht gefährlich und schlimmstenfalls könne der Sauerstoffmangel zu einer Ohnmacht führen.

Dr. Lowe versicherte Kevin, dass er bei der Hinrichtung keinen Schmerz spüren werde, was auch den Tatsachen entspricht, aber ich bin mir nicht sicher, ob er es hörte.

Aus den ärztlichen Unterlagen ging hervor, dass Kevin Raucher war, und so bot ich ihm eine letzte Zigarette an. Er lachte weiter und beachtete mich gar nicht. Ich erklärte ihm, dass noch eine Minute bleibe, um sich zu stärken und zu sammeln, und bot ihm einen Stuhl an. Er ließ sich auf den Stuhl fallen und lachte.

Als die Minute um war, fragte ich Kevin, ob er noch ein letztes Wort sprechen oder eine Botschaft hinterlassen wolle. Anscheinend hörte er mich nicht. Ich versuchte noch einmal, mich durch das brüllende Lachen hindurch bemerkbar zu machen, doch ohne Erfolg.

Ich wollte Kevin zum Abschied die Hand reichen, aber er versteckte sie mehrfach hinter dem Rücken, als sei es ein Spiel zwischen uns beiden, und sagte dabei jedes Mal »Huch!« Ich verabschiedete mich ohne Handschlag.

Mr. Rothway und die Wärter brachten Kevin zum Galgen und ließen ihn Aufstellung über der Falltür nehmen. Mr. Rothway band ihm die Hände auf den Rücken, zog ihm eine Kapuze über den Kopf und legte ihm die Schlinge um den Hals. Kevin lachte bis zum letzten Augenblick.

Um 6 Uhr 58 wurde die Falltür ausgelöst, und Ihr Sohn Kevin Barlow starb einen schmerzlosen Tod.

Seien Sie meiner Anteilnahme versichert.

Ihr ergebener

Harry Parlington
Direktor
Strafvollzugsanstalt Cantos

HP:ym

Todesart Nr. 534

Sehr geehrte Mrs. Barlow,

als Direktor der Strafvollzugsanstalt Cantos möchte ich Sie gemäß den Bestimmungen des Gesetzes zur Informationsfreiheit davon in Kenntnis setzen, wie Ihr Sohn Kevin Barlow, für begangene Straftaten rechtskräftig zum Tode durch den Strang verurteilt, sich seiner Hinrichtung gestellt hat.

Als Henkersmahlzeit wünschte sich Kevin: Kaviar, Champagner und Zigarillos. Auch wenn es ein ungewöhnlicher Wunsch war, kamen wir ihm nach. Er schlang den Kaviar hinunter und trank den Champagner in einem einzigen Zug. Er bat um mehr Champagner. Ich genehmigte eine weitere halbe Flasche. Als diese genauso schnell geleert war wie die erste, verlangte er eine dritte, doch ich lehnte ab. Es gibt Grenzen.

Die Dienste von Pater Preston wies Kevin brüsk zurück.

Regelmäßigen Kontrollen im Verlauf von Abend und Nacht nach zu urteilen, war Kevin erregt und schlaflos. Er saß auf dem Bett, rauchte ein Zigarillo nach dem anderen, ging in seiner Zelle auf und ab und hangelte sich zum Fenster empor und sah hinaus. Um 22 Uhr 11 wurde mir gemeldet, dass er mich sprechen wolle. Ich konnte ihn schon aus hundert Metern Entfernung brüllen hören. Als ich bei seiner Zelle anlangte, fragte er mich, warum wir seine Zeit vergeudeten und warum wir ihn nicht auf der Stelle hängten. Ich erklärte ihm, dass es feste Vorschriften für die Hinrichtung gebe und dass wir davon nicht abweichen könnten. Ich schrieb seine Ungeduld der Nervenanspannung zu und gab ihm noch eine weitere Schachtel Zigarillos.

Um 6 Uhr morgens, als ihm die Dienste von Pater Preston erneut angeboten wurden, antwortete Kevin, eine Oben-ohne-Kellnerin mit einem Sortiment Drinks wäre ihm lieber, und rief wiederum nach mir.

Als ich um 6 Uhr 12 vorzeitig mit den befugten Personen eintraf, fand ich ihn an der Tür; er trat ungeduldig dagegen und rief, wir sollten voranmachen. Als wir die Tür öffneten, stürmte er heraus und musste von den Wärtern gebändigt werden, doch geschah es mit einem Minimum an Gewalt, das versichere ich Ihnen. Ich würde Ihren Sohn beschreiben als: erhitzt, wütend und ungeduldig. Ich verlas ihm das Todesurteil, wie es gemäß dem Gesetz von den ordentlichen Gerichten dieses Landes gefällt worden war, doch unterbrach er mich immer wieder. Ich las es eilig zu Ende, teilte ihm mit, dass ich gekommen sei, dieses Urteil zu vollstrecken, und fragte ihn, ob er verstanden habe. Bevor ich noch ausgeredet hatte, rief er: »Ja doch, ja doch, ja doch!« und drängte uns aus der Zelle. Ich verzichtete auf die Aufforderung mitzukommen.

Auch wenn die Wärter sich mühten, ihn zu mäßigen, ging es im Laufschritt den Korridor hinunter. Als er den Galgen sah, stürmte Kevin die Treppe hinauf, bevor Dr. Lowe ihm versichern konnte, dass er bei der Hinrichtung keinen Schmerz spüren werde, was auch den Tatsachen entspricht. Kevin fragte: »Aber geht es auch schnell?« Die Wärter holten ihn wieder nach unten.

Ich bot Kevin ein letztes Zigarillo an. Er lehnte ab. Ich erklärte ihm, dass noch eine Minute bleibe, um sich zu stärken und zu sammeln, und bot ihm einen Stuhl an. Unwirsch schlug er das Angebot aus.

Ich beharrte nicht darauf und fragte nur, ob er noch ein letztes Wort sprechen oder eine Botschaft hinterlassen wolle. Er entgegnete: »Vergeuden Sie nicht meine Zeit!«

Ich reichte Kevin zum Abschied die Hand. Er ergriff sie hastig, dann schüttelte er auch Dr. Lowe, Pater Preston und Mr. Rothway die Hand und wünschte uns allen baldige Beförderung.

Wieder stürmte Kevin los und versuchte vor Mr. Rothway und den Wärtern den Galgen zu erreichen. Er legte sich die Schlinge um den Hals und stampfte auf die Falltür. Mr. Rothway band ihm die Hände auf den Rücken und zog ihm eine Kapuze über den Kopf.

Um 6 Uhr 16 wurde die Falltür ausgelöst, und Ihr Sohn Kevin Barlow starb einen schmerzlosen Tod.

Seien Sie meiner Anteilnahme versichert.

Ihr ergebener

Harry Parlington
Direktor
Strafvollzugsanstalt Cantos

HP:ym

Todesart Nr. 541

Sehr geehrte Mrs. Barlow,

als Direktor der Strafvollzugsanstalt Cantos möchte ich Sie gemäß den Bestimmungen des Gesetzes zur Informationsfreiheit davon in Kenntnis setzen, wie Ihr Sohn Kevin Barlow, für begangene Straftaten rechtskräftig zum Tode durch den Strang verurteilt, sich seiner Hinrichtung gestellt hat.

Als Henkersmahlzeit wünschte sich Kevin: einen Salat mit Gorgonzolasoße, zwei Cheeseburger (sehr alter Cheddar) mit allen Dressings, Pommes frites, Mineralwasser mit Kohlensäure sowie Apfelkuchen mit Vanilleeis. Er aß alles außer den Frikadellen der Hamburger, die er herausnahm, in eine Serviette wickelte und auf dem Teller liegen ließ, und er ließ sich Mineralwasser nachschenken.

Pater Preston blieb eine Stunde und zweiundzwanzig Minuten bei Kevin. Was zwischen ihnen gesprochen wurde, ist durch das Beichtgeheimnis geschützt und nur Pater Preston und dem Allmächtigen bekannt.

Regelmäßigen Kontrollen im Verlauf von Abend und Nacht nach zu urteilen, war Kevin sehr erregt und schlaflos. Er lief hektisch in seiner Zelle auf und ab, hangelte sich zum Fenster empor und sah hinaus.

Um 6 Uhr morgens, als ihm die Dienste von Pater Preston erneut angeboten wurden, ließ Kevin ihn kommen. Als die

Tür geöffnet wurde, unternahm Kevin einen Fluchtversuch. In dem nachfolgenden Handgemenge erhielt Pater Preston einen Schlag ins Gesicht. Die Wärter stießen Kevin zurück in die Zelle und schlossen die Tür. Kevin bestand darauf, dass er nach wie vor Pater Preston sprechen wolle. Pater Preston war bereit dazu. Ich erhielt Meldung über die Vorfälle und kam zu dem Schluss, dass Kevin nicht in ehrlicher Absicht handelte; ich gab Anweisung, dass er, wenn er mit Pater Preston sprechen wolle, dies durch die vergitterte Luke in seiner Tür tun müsse. Es gibt Grenzen. Kevin und Pater Preston sprachen drei Minuten miteinander. Was zwischen ihnen gesprochen wurde, ist durch das Beichtgeheimnis geschützt und nur Pater Preston und dem Allmächtigen bekannt.

Als ich um 6 Uhr 50 mit den befugten Personen Kevins Zelle betrat, stellten wir fest, dass Kevin versucht hatte, die Tür zu versperren, indem er eine Decke in die Ritze zwischen Unterkante und Fußboden gezwängt hatte. Kevin stand an der gegenüberliegenden Wand, unterhalb des Fensters, und brüllte, wir sollten ihn in Ruhe lassen. Ich würde Ihren Sohn beschreiben als: blass, verängstigt und hoch aggressiv. Obwohl er uns immer weiter anbrüllte, verlas ich ihm das Todesurteil, wie es gemäß dem Gesetz von den ordentlichen Gerichten dieses Landes gefällt worden war; ich teilte ihm mit, dass ich gekommen sei, dieses Urteil zu vollstrecken, und fragte ihn, ob er verstanden habe. Er habe es nicht verstanden, brüllte er. Ich las es ein zweites Mal. Als er wiederum behauptete, er verstehe es nicht, kam ich zu dem Schluss, dass er nicht in ehrlicher Absicht handelte, und forderte ihn auf mitzukommen. Er weigerte sich. Leider muss ich sagen, dass er heftige Gegenwehr leistete, doch die Wachen wandten nicht mehr Gewalt an als zwingend erforderlich, das versichere ich Ihnen.

Als Kevin gefesselt und geknebelt den Korridor hinuntergetragen wurde, wehrte er sich weiter. Als er den Galgen sah, sträubte er sich umso heftiger.

Dr. Lowe versicherte Kevin, dass er bei der Hinrichtung keinen Schmerz spüren werde, was auch den Tatsachen entspricht, aber ich bin mir nicht sicher, ob er es hörte.

Aus den ärztlichen Unterlagen ging hervor, dass Kevin Raucher war, doch ich verzichtete darauf, ihm eine letzte Zigarette anzubieten. Ich erklärte ihm, dass noch eine Minute bleibe, um sich zu stärken und zu sammeln, verzichtete jedoch darauf, ihm einen Stuhl anzubieten. Er widersetzte sich so heftig, dass die Wärter ihn auf den Boden drücken mussten, um seine Gegenwehr zu brechen.

Als die Minute um war, fragte ich Kevin, ob er noch ein letztes Wort sprechen oder eine Botschaft hinterlassen wolle, und nahm ihm den Knebel ab. Er brüllte unflätige Flüche.

Ich verabschiedete mich von Kevin, konnte ihm jedoch nicht die Hand reichen, da die seinigen gefesselt waren.

Mr. Rothway und die Wärter trugen Kevin zum Galgen und hielten ihn über die Falltür. Mr. Rothway zwängte ihm eine Kapuze über den Kopf und legte ihm die Schlinge um den Hals. Bis zur letzten Sekunde wehrte Kevin sich und stieß Flüche aus.

Um 7 Uhr 04 wurde die Falltür ausgelöst, und Ihr Sohn Kevin Barlow starb einen schmerzlosen Tod.

Seien Sie meiner Anteilnahme versichert.

Ihr ergebener

Harry Parlington
Direktor
Strafvollzugsanstalt Cantos

HP:ym

Todesart Nr. 760

Sehr geehrte Mrs. Barlow,

als Direktor der Strafvollzugsanstalt Cantos möchte ich Sie gemäß den Bestimmungen des Gesetzes zur Informationsfreiheit davon in Kenntnis setzen, wie Ihr Sohn Kevin Barlow, für begangene Straftaten rechtskräftig zum Tode durch den Strang verurteilt, sich seiner Hinrichtung gestellt hat.

Als Henkersmahlzeit wünschte sich Kevin: eine Birne. Er aß sie nicht.

Die Dienste von Pater Preston nahm Kevin nicht in Anspruch. Statt dessen bat er um Stift und Papier. Er erhielt einen Kugelschreiber und fünfzig Blatt liniertes Schreibpapier.

Regelmäßigen Kontrollen im Verlauf von Abend und Nacht nach zu urteilen, war Kevin ruhig und gefasst. Er ging in seiner Zelle auf und ab, hangelte sich zum Fenster empor und sah hinaus, und er saß auf dem Boden und schrieb, wobei er seine Pritsche als Tisch benutzte. Um 1 Uhr 14 bat er um mehr Papier. Er erhielt weitere hundert Blatt.

Um 6 Uhr morgens, als ihm die Dienste von Pater Preston erneut angeboten wurden, lehnte Kevin wiederum ab.

Als ich um 6 Uhr 50 mit den befugten Personen Kevins Zelle betrat, fand ich ihn auf dem Boden sitzend; er schrieb, wobei er seine Pritsche als Tisch benutzte. Ich würde Ihren Sohn beschreiben als: blass, eifrig und nervös. Bevor ich das Wort an ihn richten konnte, bat er schon um einen kleinen Aufschub, damit er zu Ende schreiben könne. Zu seiner Linken hatte er einen gewaltigen Stoß Papier, jedes Blatt eng beschrieben. Ich fragte ihn, wie viel Zeit er noch brauche. Er antwortete: »Nicht mehr lange. Nur noch drei Seiten.« In solchen Dingen habe ich einen gewissen Ermessensspielraum. Ich sagte Kevin, er solle Bescheid geben, wenn er fertig sei, aber er solle sich beeilen. Wir gingen hinaus und schlossen die Tür hinter uns, damit er in Ruhe weiterschreiben konnte.

Um 7 Uhr 18 rief Kevin uns. Als ich mit den befugten Personen die Zelle betrat, fand ich ihn am Fenster, wo er sich an den Händen hinaufhangelte und hinaussah. Die beschriebenen Blätter hatte er in einem ordentlichen Stapel auf das Bett gelegt. Ich würde Ihren Sohn beschreiben als: blass und gefasst. Er dankte mir für die zusätzliche Zeit und bat um einen großen Umschlag. Ich schickte einen Wärter los, um einen zu holen. Ich verlas Kevin das Todesurteil, wie es gemäß dem Gesetz von den ordentlichen Gerichten dieses Landes gefällt worden war; ich teilte ihm mit, dass ich gekommen sei, dieses Urteil zu vollstrecken, und fragte ihn, ob er verstanden habe. Kevin antwortete mit Ja. Ich forderte ihn auf mitzukommen. Umschlag und Papiere an sich gedrückt, ging er mit mir hinaus.

Als wir den Korridor hinuntergingen, ich ein wenig vor ihm und die anderen ein oder zwei Schritt hinter uns, steckte Kevin die Papiere in den großen Umschlag und klebte ihn zu. Als er den Galgen sah, stöhnte er und wurde ängstlich, aber er drückte den Umschlag fest an sich, was ihm offenbar Trost gab.

Dr. Lowe versicherte Kevin, dass er bei der Hinrichtung keinen Schmerz spüren werde, was auch den Tatsachen entspricht. Kevin nickte.

Aus den ärztlichen Unterlagen ging hervor, dass Kevin Raucher war, und so bot ich ihm eine letzte Zigarette an. Er schüttelte den Kopf. Ich erklärte ihm, dass noch eine Minute bleibe, um sich zu stärken und zu sammeln, und bot ihm einen Stuhl an. Er setzte sich und starrte auf den Umschlag in seinen Händen.

Als die Minute um war, fragte ich Kevin, ob er noch ein letztes Wort sprechen oder eine Botschaft hinterlassen wolle. Mühsam atmend stieß er hervor: »Sagen Sie meiner Mutter, dass ich sie liebe und dass sie nicht traurig sein soll. Sagen Sie ihr, das hier, das bin ich.« Damit reichte er mir den Umschlag, den ich dem vorliegenden Schreiben beifüge. Ich versprach ihm, dass ich es Ihnen ausrichten und den Umschlag schicken würde.

Ich reichte Kevin zum Abschied die Hand.

Kevin stieg mit Mr. Rothway und den Wärtern hinauf zum Galgen und nahm Aufstellung über der Falltür. In diesem Augenblick erhob er noch einmal die Stimme und sagte: »Die Welt ist schon schön, nicht wahr?« Ich konnte ihm nur beipflichten. Mr. Rothway band ihm die Hände auf den Rücken, zog ihm eine Kapuze über den Kopf und legte ihm die Schlinge um den Hals.

Um 7 Uhr 29 wurde die Falltür ausgelöst, und Ihr Sohn Kevin Barlow starb einen schmerzlosen Tod.

Seien Sie meiner Anteilnahme versichert.

Ihr ergebener

Harry Parlington
Direktor Strafvollzugsanstalt Cantos

Anlagen
HP:ym

Todesart Nr. 985

Sehr geehrte Mrs. Barlow,

als Direktor der Strafvollzugsanstalt Cantos möchte ich Sie gemäß den Bestimmungen des Gesetzes zur Informationsfreiheit davon in Kenntnis setzen, wie Ihr Sohn Kevin Barlow, für begangene Straftaten rechtskräftig zum Tode durch den Strang verurteilt, sich seiner Hinrichtung gestellt hat.

Als Henkersmahlzeit wünschte sich Kevin: zwei Hotdogs vom Grill mit sämtlichen Dressings, Pommes frites, Ginger Ale. Er aß alles außer den Würsten, die er herausnahm, in eine Serviette wickelte und auf dem Teller liegen ließ, und er ließ sich Ginger Ale nachschenken.

Pater Preston blieb eine Stunde und zweiundzwanzig Minuten bei Kevin. Was zwischen ihnen gesprochen wurde, ist durch das Beichtgeheimnis geschützt und nur Pater Preston und dem Allmächtigen bekannt.

Regelmäßigen Kontrollen im Verlauf von Abend und Nacht nach zu urteilen, war Kevin erregt und schlaflos. Er ging in seiner Zelle auf und ab, saß auf seinem Bett, hangelte sich zum Fenster empor und sah hinaus. Um 2 Uhr 36 wurde mir gemeldet, dass er mich sprechen wolle. Als ich bei seiner Zelle anlangte, fragte er mich, ob er nach draußen gehen könne. In solchen Dingen habe ich einen gewissen Ermessensspielraum. Das Cantos-Gefängnis verfügt über einen gut gesicherten Innenhof. Ich wies die Wärter an, mit ihm hinauszugehen und ihn im Rahmen des Vertretbaren gewähren zu lassen. Kevin verbrachte die ganze Nacht mit Stretching, Kniebeugen, Liegestützen und anderen Sportübungen, er hüpfte auf der Stelle, wiegte den Kopf hin und her, joggte vorwärts und rückwärts, übte sich im Schattenboxen und legte sich auf den Boden und blickte hinauf zum Himmel. Es war eine sternklare Nacht.

Um 6 Uhr morgens, als ihm die Dienste von Pater Preston erneut angeboten wurden, ließ Kevin ihn kommen. Was zwischen ihnen gesprochen wurde, ist durch das Beichtgeheimnis geschützt und nur Pater Preston und dem Allmächtigen bekannt.

Als ich um 6 Uhr 50 mit den befugten Personen den Innenhof betrat, fand ich Kevin mit Pater Preston; sie spazierten Seite an Seite. Ich würde Ihren Sohn beschreiben als: blass und erregt. Ich verlas ihm das Todesurteil, wie es gemäß dem Gesetz von den ordentlichen Gerichten dieses Landes gefällt worden war; ich teilte ihm mit, dass ich gekommen sei, dieses Urteil zu vollstrecken, und fragte ihn, ob er verstanden habe. Kevin nickte. Ich forderte ihn auf mitzukommen. Er verließ mit mit gemeinsam den Hof.

Als wir den Korridor hinuntergingen, ich ein wenig vor ihm und die anderen ein oder zwei Schritt hinter uns, machte Kevin noch einmal seine Schattenbox-Übungen. Als er den Galgen sah, steigerte er sich zu einer furiosen Folge von Geraden, Schlägen und Aufwärtshaken.

Dr. Lowe versicherte Kevin, dass er bei der Hinrichtung keinen Schmerz spüren werde, was auch den Tatsachen entspricht. Kevin nickte.

Aus den ärztlichen Unterlagen ging hervor, dass Kevin Raucher war, und ich bot ihm eine letzte Zigarette an. Er schüttelte den Kopf. Ich erklärte ihm, dass noch eine Minute bleibe, um sich zu stärken und zu sammeln, und bot ihm einen Stuhl an. Er nickte, blieb aber stehen und boxte weiter.

Als die Minute um war, fragte ich Kevin, ob er noch ein letztes Wort sprechen oder eine Botschaft hinterlassen wolle. Atemlos sagte er: »K.o. in der ersten Runde.«

Ich reichte Kevin zum Abschied die Hand.

Kevin joggte mit Mr. Rothway und den Wärtern zum Galgen und nahm Aufstellung über der Falltür. Mr. Rothway band ihm die Hände auf den Rücken, zog ihm eine Kapuze über den Kopf und legte ihm die Schlinge um den Hals. Kevin joggte weiter auf der Stelle und atmete schwer.

Um Punkt 7 Uhr wurde die Falltür ausgelöst, und Ihr Sohn Kevin Barlow starb einen schmerzlosen Tod.

Seien Sie meiner Anteilnahme versichert.

Ihr ergebener

Harry Parlington
Direktor
Strafvollzugsanstalt Cantos

HP:ym

Todesart Nr. 991

Sehr geehrte Mrs. Barlow,

als Direktor der Strafvollzugsanstalt Cantos möchte ich Sie gemäß den Bestimmungen des Gesetzes zur Informationsfreiheit davon in Kenntnis setzen, wie Ihr Sohn Kevin Barlow, für begangene Straftaten rechtskräftig zum Tode durch den Strang verurteilt, sich seiner Hinrichtung gestellt hat.

Als Henkersmahlzeit wünschte sich Kevin: ein T-Bone-Steak, grüne Bohnen und Kartoffeln, Bier, Pistazieneis. Er rührte nichts davon an, ausgenommen das Eis.

Die Dienste von Pater Preston nahm Kevin nicht in Anspruch.

Regelmäßigen Kontrollen im Verlauf von Abend und Nacht nach zu urteilen, war Kevin erregt und schlaflos. Er ging in seiner Zelle auf und ab, saß auf dem Bett, hangelte sich zum Fenster empor und sah hinaus. Um 22 Uhr 24 bat er um Zeitschriften. Er erhielt eine Auswahl aus den Bereichen Sport, Natur und Politik. Um 23 Uhr 03 wurde mir gemeldet, dass er mich sprechen wolle. Als ich bei seiner Zelle anlangte, fragte er mich, ob ich Backgammon spielen wolle. Ich bin kein großer Spieler, aber ich war einverstanden. Ich schickte einen Wärter Spielbrett und Steine holen. Kevin und ich spielten die ganze Nacht über Backgammon. Wir sprachen viel, wobei er die meiste Zeit redete. Ich fragte ihn, ob er unser Gespräch aufzeichnen wolle, als Abschiedsgeschenk an Sie. Er war gern bereit. Ein Tonbandgerät wurde geholt. Ich füge die vier Bänder diesem Schreiben bei. Kevin schlug mich mühelos bei jeder Partie.

Um 6 Uhr morgens, als ihm die Dienste von Pater Preston erneut angeboten wurden, lehnte Kevin wiederum ab. Ich fragte ihn, ob er das Spiel beenden wolle. Er wollte weiterspielen.

Um 6 Uhr 52, am Ende einer Partie, sagte ich Kevin, dass die Zeit gekommen sei. Er nickte. Die Zellentür wurde geöffnet, und die befugten Personen traten ein. Ich verlas Kevin das Todesurteil, wie es gemäß dem Gesetz von den ordentlichen Gerichten dieses Landes gefällt worden war; ich teilte ihm mit, dass ich gekommen sei, dieses Urteil zu vollstrecken, und fragte ihn, ob er verstanden habe. Er nickte. Das Backgammonbrett an sich gedrückt, ging er mit mir hinaus. Ein Wärter wollte ihm das Brett abnehmen, doch Kevin wehrte sich, und ich wies den Wärter an, es ihm zu lassen. Es geschah ohne jede Gewalt, das versichere ich Ihnen.

Als wir den Korridor hinuntergingen, hatte Kevin Mühe, auf den Beinen zu bleiben, und war auf die weitere Hilfe der Wärter angewiesen. Sein Atem ging schwer. Als er den Galgen sah, stöhnte er und wurde ängstlich.

Dr. Lowe versicherte Kevin, dass er bei der Hinrichtung keinen Schmerz spüren werde, was auch den Tatsachen entspricht. Kevin nickte.

Aus den ärztlichen Unterlagen ging hervor, dass Kevin Raucher war, und so bot ich ihm eine letzte Zigarette an. Er schüttelte den Kopf. Ich erklärte ihm, dass noch eine Minute bleibe, um sich zu stärken und zu sammeln, und bot ihm einen Stuhl an. Er setzte sich und starrte zu Boden. Unter Mühen und um Atem ringend, sagte er: »Das alles hier tut mir wirklich Leid.« Ich antwortete, dass es auch mir Leid tue.

Als die Minute um war, fragte ich Kevin, ob er noch ein letztes Wort sprechen oder eine Botschaft hinterlassen wolle. Er sagte zum zweiten Mal: »Das alles hier tut mir wirklich Leid.« Ich versicherte ihm noch einmal, dass es auch mir leidtue. Er wollte noch etwas sagen, doch er verfiel in ein solches Stottern, dass ich beim besten Willen nichts verstehen konnte.

Ich wollte Kevin zum Abschied die Hand reichen, doch er ließ das Backgammonbrett nicht los. Ich verabschiedete mich ohne Handschlag.

Mr. Rothway und die Wärter brachten Kevin zum Galgen und ließen ihn Aufstellung über der Falltür nehmen. Mr. Rothway band ein Seil um seine Brust, so dass Hände und Backgammonbrett fixiert waren, zog ihm eine Kapuze über den Kopf und legte ihm die Schlinge um den Hals. Kevin beschmutzte seine Hose.

Um 7 Uhr 03 wurde die Falltür ausgelöst, und Ihr Sohn Kevin Barlow starb einen schmerzlosen Tod.

Seien Sie meiner Anteilnahme versichert.

Ihr ergebener

Harry Parlington
Direktor
Strafvollzugsanstalt Cantos

Anlage
HP:ym

Todesart Nr. 1096

Sehr geehrte Mrs. Barlow,

als Direktor der Strafvollzugsanstalt Cantos möchte ich Sie gemäß den Bestimmungen des Gesetzes zur Informationsfreiheit davon in Kenntnis setzen, wie Ihr Sohn Kevin Barlow, für begangene Straftaten rechtskräftig zum Tode durch den Strang verurteilt, sich seiner Hinrichtung gestellt hat.

Kevin wünschte keine Henkersmahlzeit. Ich sagte ihm, dass er praktisch alles haben könne, aber er antwortete, er habe keinen Hunger. Ich sagte ihm, er solle den Wachen Bescheid sagen, wenn er es sich anders überlege.

Pater Preston blieb den ganzen Abend und die ganze Nacht über bei Kevin. Was zwischen ihnen gesprochen wurde, ist durch das Beichtgeheimnis geschützt und nur Pater Preston und dem Allmächtigen bekannt.

Regelmäßigen Kontrollen im Verlauf von Abend und Nacht nach zu urteilen, war Kevin erregt und schlaflos. Er ging in seiner Zelle auf und ab, saß auf seinem Bett, hangelte sich zum Fenster empor und sah hinaus, und er kniete auf dem Boden, den Kopf in Pater Prestons Schoß. Er schluchzte.

Als ich um 6 Uhr 50 mit den befugten Personen Kevins Zelle betrat, fand ich ihn an der Außenseite der Zelle am Boden sitzend, unterhalb des Fensters; Pater Preston saß auf dem Bett. Als er mich sah, weinte Kevin. Ich würde Ihren Sohn beschreiben als: blass und sehr verängstigt. Ich verlas ihm das Todesurteil, wie es gemäß dem Gesetz von den ordentlichen Gerichten dieses Landes gefällt worden war; ich teilte ihm mit, dass ich gekommen sei, dieses Urteil zu vollstrecken, und fragte ihn, ob er verstanden habe. Kevin weinte nur, aber er verstand mich wohl. Ich forderte ihn auf mitzukommen. Er weinte weiter und rührte sich nicht. Als die Wärter sich näherten, winselte er laut und flehte um Gnade. Mehrere Male flehte er. Ich erklärte ihm, dass es leider nicht in meiner Macht stand, etwas für ihn zu tun. Kevin leistete den Wärtern ein wenig Widerstand – er wand sich, zog die Arme zurück, mehr nicht –, aber es geschah ohne jede Gewalt, das versichere ich Ihnen. Er zitterte so sehr, dass ihm das Gehen schwer fiel, und zwei Wärter stützten ihn.

Als Kevin den Korridor hinuntergetragen wurde, winselte und flehte er weiter. Als er den Galgen sah, beschmutzte er seine Hose und schlug um sich. Plötzlich fasste er sich an die linke Schulter, stöhnte: »Mir ist schlecht« und sank zusammen. Dr. Lowe untersuchte ihn unverzüglich und stellte einen Herzstillstand fest. Trotz mehrminütiger Herzmassage konnte Dr. Lowe Kevin nicht wieder beleben, und um 7 Uhr 06 erklärte er ihn für tot. Ich sehe Kevins Augen noch vor mir, die mich während all der Zeit, die der Doktor und die Wärter sich um ihn mühten, unverwandt ansahen.

Das ist nicht der Ausgang, den ich mir gewünscht hätte. Nichts von alldem hätte ich mir gewünscht.

Seien Sie meiner Anteilnahme versichert.

Ihr ergebener Harry Parlington
Direktor Strafvollzugsanstalt Cantos

HP:ym

Spiegel für die Ewigkeit

»Ich weiß noch genau, wie ich meinen Mann kennen gelernt habe. Meinen lieben, lieben Mann. Im Sommer 1928 war das. Ich war sechzehn und trug ein weißes Kleid. Ich hatte auch einen Strohhut auf, aber er war zu klein und der Wind blies ihn mir immer vom Kopf. Das war in Grande-Rivière. Damals war ich für ein paar Sommerwochen bei Pater Bouillon. Ich stand auf der Veranda und überlegte, ob ich den Hut zu meinem Spaziergang aufbehalten sollte, obwohl ich ihn dann die ganze Zeit festhalten müsste, oder ob ich einen anderen holen sollte, der genau die richtige Größe hatte, aber nicht so gut zum Kleid passte. Ich stand auf der Veranda und dachte darüber nach, als ein Wagen gerade vor dem Haus zum Stehen kam, zehn, zwölf Schritt von mir. Der Fahrer, ein Arzt, stieg aus. Ich wusste, dass er Arzt war, denn Ärzte hatten damals spezielle Nummernschilder. Er öffnete die Haube, beugte sich über den Motor und machte irgendwas daran. Offensichtlich war er in Eile. Der Beifahrer half ihm nicht, er saß nur reglos im Wagen. Später erfuhr ich, dass mein zukünftiger Mann ihn eben ins Krankenhaus brachte. Ein oder zwei Minuten war er mit dem Motor beschäftigt, dann holte er die Kurbel. Er drehte sie, und der Motor sprang wieder an. Eilig stieg er ein. Ich sah dem allen zu, regte mich nicht und sprach kein Wort. Mich hat der Doktor überhaupt nicht gesehen. Aber der andere Mann, der schon. Der Wagen fuhr davon, und dann blies mir der Wind den Hut vom Kopf. Ich

bla–bla–bla–bla	Mann, die hört überhaupt nicht
bla–bla–bla–bla	mehr auf.
bla–bla–bla–bla	
bla–bla–bla–bla	
bla–bla–bla–bla	
bla–bla–bla–bla	
bla–bla–bla–bla	
bla–bla–bla–bla	
bla–bla–bla–bla	
bla–bla–bla–bla	
bla–bla–bla–bla	
bla–bla–bla–bla	
bla–bla–bla–bla	
bla–bla–bla–bla	
bla–bla–bla–bla	
bla–bla–bla–bla	
bla–bla–bla–bla	Und immer dieselben Geschichten.
bla–bla–bla–bla	
bla–bla–bla–bla	
bla–bla–bla–bla	
bla–bla–bla–bla	
bla–bla–bla–bla	Mir platzt gleich der Kopf.
bla–bla–bla–bla	
bla–bla–bla–bla	
bla–bla–bla–bla	

(Die Maschine summte dabei geschäftig vor sich hin. Ich legte die Hand darauf. Ich spürte, wie sie vibrierte.)

bla–bla–bla–bla

nächsten Tag war strahlender Sonnenschein, und ich ging eben nach Hause, ich

war auf der Post gewesen, und da sah ich denselben Wagen auf mich zukommen. Ich hatte die Sonne im Rücken, dem Doktor schien sie ins Gesicht. Sein Wagen hatte keine Sonnenblenden, deshalb trug er eine Kappe mit einem langen Schirm. Als er näher kam, sah ich, dass etwas daraufstand, in leuchtend roten Lettern. AUF BRAUTSCHAU, stand da. Er war natürlich unverheiratet. Später erzählte er mir, ein Freund habe ihm die Kappe geschenkt. Mit zusammengekniffenen Augen blickte er auf die Straße, als ob er tatsächlich in dem Augenblick nach einer passenden Ehefrau Ausschau hielte, und fuhr vorbei. Wieder sah er mich nicht. Es war bezaubernd, wie zerstreut er manchmal war. Einmal
bla–bla–bla–bla
bla–bla–bla–bla
bla–bla–bla–bla
bla–bla–bla–bla
bla–bla–bla–bla
bla–bla–bla–bla

(Ich war bei meiner Großmutter zu Besuch und hatte die Maschine im Keller gefunden. Auf den ersten Blick sah sie einfach nur wie ein hölzerner Kasten aus.)

bla–bla–bla–bla
bla–bla–bla–bla
bla–bla–bla–bla

(Noch mehr Kram, dachte ich, noch mehr Müll.)

bla–bla–bla–bla
bla–bla–bla–bla
bla–bla–bla–bla
bla–bla–bla–bla
bla–bla–bla–bla
bla–bla–bla–bla
bla–bla–bla–bla
bla–bla–bla–bla

(Meine Großmutter kann sich nämlich nie von etwas trennen. Sie hebt alles auf. Alles hat für sie einen Wert. Als junge Frau stand sie die Wirtschaftskrise durch, und bald nach dem Krieg starb ihr Mann, und sie musste vier Kinder allein großziehen. Sie hatte Trauer, Einsamkeit, Armut und schlechte Zeiten zu verkraften. Mit schwerer Arbeit, immer mehrere Stellen zugleich, mit genügsamem Leben und kluger Anlage des wenigen, was sie hatte, zog sie die Kinder auf – und das mit großem Erfolg: Es wurden ein Journalist, ein Arzt, ein Diplomat und Dichter und eine Benediktinernonne daraus. Aber sie kann nie vergessen, wie schwer sie sich jede Etappe auf diesem mühsamen Weg erkämpfen musste. Sie hat so lange zu wenig gehabt, da kann sie nicht begreifen, dass etwas auch zu viel sein kann. Sie ist wie der Goldsucher in der Geschichte von Jack London, der noch Monate, nachdem er vom Hungertod errettet ist, Nüsse, Zwieback,

Konserven und Stockfisch in seinen Taschen und in jeder Ecke des Zimmers hortet.)

bla–bla–bla–bla
bla–bla–bla–bla
bla–bla–bla–bla
herein mit einem Tablett
mit Tassen und Plätzchen.
Und wen sehe ich da mitten
im Wohnzimmer stehen? –
ich sehe ihn heute noch
genau vor mir! So aufrecht
stand er da. Mit seinem
ehrlichen Gesicht und
seinen schönen Augen. Es
war der Doktor »auf Braut-
schau«. Er lächelte mir zu,
und ich lächelte zurück. Er
war neu in der Stadt, und
Pater Bouillon hatte ihn
eingeladen und ihm erzählt,
dass sein Haus voller
hübscher Mädchen sei.
Wir haben an jenem Tag ein
Weilchen miteinander
geredet, der Doktor und ich,
und die nächsten zwei
Wochen dann noch öfter,
immer wenn er vorbeikam.
Er konnte so gut zuhören.
Später erzählte er mir,
schon bei jenem ersten
Besuch habe er beim

Abschied Pater Bouillon
zugeflüstert: »Das wird
meine Frau.« Ich dachte
bla–bla–bla–bla
bla–bla–bla–bla
bla–bla–bla–bla

(Ich wollte den Kasten schon beiseite schieben. Ich war auf der Suche nach etwas anderem, nach den Schneeschuh-Mokassins meiner Großmutter. Ich saß auf allen vieren im Keller, tief in den kalten Wandschrank eingetaucht, wo sie ihre Mäntel aufbewahrte. Sie wollte eine Schneewanderung machen. Aber so leicht ließ sich der Kasten nicht bewegen, er war unerwartet schwer. Er wog gut seine fünfzehn Pfund. Und er war hübsch anzusehen, aus schönem polierten Walnussholz.)

bla–bla–bla–bla
bla–bla–bla–bla
bla–bla–bla–bla

(Ich war neugierig geworden und holte den Kasten hervor. Er war etwa vierzig Zentimeter breit, dreißig Zentimeter tief und zwanzig hoch. Und es war eigentlich kein Kasten, denn er hatte keinen Deckel zum Aufklappen. Eher eine Art Maschine. Auf der einen Längsseite hatte sie unten einen langen, schmalen Schlitz. Er war mit zwei roten Samtstreifen verschlossen, und wenn man sie aufdrückte, sah man dahinter Walzen, etwa zehn an der Zahl. Etwas kam, soviel war eindeutig, aus diesem Schlitz heraus oder wurde hineingeschoben. Oberhalb des Schlitzes, auf der linken Seite und bündig in das Holz des Gehäuses eingelassen, gab es eine Glasröhre wie ein Thermometer mit zwei roten Markierungen, MAX am oberen Ende und MIN am unteren. Auf der dieser Anzeige und dem Schlitz gegenüberliegenden Seite hatte die Maschine eine mit einem winzigen Messingknauf versehene Klappe, die sich nach unten hin öffnete; sie war mit einer Aufschrift versehen, NUR FÜR HOCHFEINEN WEISSEN SAND. Ich zog an dem Knauf, und die Klappe öffnete sich mit einem Klicken. Sie hatte zwei abgerundete Seitenteile, eines mit der Aufschrift NUR BIS ZU DIESER LINIE FÜLLEN. Ich spähte in die Öffnung, sah jedoch nichts. Ich schloss die Klappe wieder. An der Oberseite hatte die Maschine drei weitere Öffnungen sowie ein Firmenschild: Ein kleines Loch in der einen Ecke, oberhalb der thermometerartigen Röhre, mit, in einem Ring um die Einfassung geschrieben, dem Hinweis NUR FÜR HOCHFEINES FLÜSSIGES SILBER; ein zweites in der gegenüberliegenden Ecke, dieses mit dem Vermerk NUR FÜR HOCHFEINES ÖL; und schließlich ein drittes, größeres, mit einem Korkstopfen verschlossenes auf halber Höhe einer der beiden Schmalseiten. Das Firmenschild, fein mit goldenen Nägeln fixiert, saß genau in der Mitte. VITA ÆTERNA MIRROR COMPANY, PORT HOPE, ONTARIO, stand darauf. SPIEGEL FÜR DIE EWIGKEIT.)

bla–bla–bla–bla
bla–bla–bla–bla
bla–bla–bla–bla

(»Hast du sie? Soll ich runterkommen?«, kam von oben eine schon leicht ärgerliche Stimme.

»Nicht nötig«, antwortete ich, »ich bin gleich soweit.« Ich sah mich noch einmal im Schrank um. Zwischen unzähligen Schuhen, Stiefeln, Pantoffeln und Turnschuhen fand ich schließlich die Mokassins. Neben der Stelle, an der die Maschine gestanden hatte, entdeckte ich noch einen grauen Filzbeutel mit dem Namenszug der Vita Æterna Mirror Company. Ich holte ihn hervor. Die herausgewühlten Schuhe und heruntergefallenen Kleiderbügel brachte ich mit der Sorgfalt des Archäologen wieder an ihren Platz, schloss die Schranktür, nahm meine Grabungsfunde und kehrte nach oben zurück.)

bla–bla–bla–bla
bla–bla–bla–bla
bla–bla–bla–bla
bla–bla–bla–bla
bla–bla–bla–bla

(Sie wartete am obersten Treppenabsatz. Sie ist eine Frau von Anfang achtzig, auf eine würdige Art eitel, stets gut in allen erdenklichen Varianten ihrer Lieblingsfarbe Lila gekleidet. Von ein paar alltäglichen Alterserscheinungen abgesehen – grauer Star (operiert), ein wenig Arthritis, ein leicht gebückter Gang –, ist sie bei bester Gesundheit. Sie spart sich alles, was sie niemandem erzählen kann, wenn sie allein und einsam ist, für mich auf und redet dann ununterbrochen. Sie kann auch zuhören, aber manchmal tut sie nur so; manchmal ist das, was man sagt, wie eine Art Speisekarte für sie, und sie sucht sich ein Wort oder einen Satz aus und spinnt von da den Faden weiter. Ihre Überzeugungen sind fest und wohlbegründet, durch keinen Widerspruch zu erschüttern, und auch wenn man sie nicht intolerant nennen würde, hält sie doch unbeirrbar am Überlieferten fest. Die großen Fragen des Lebens beschäftigen sie nicht mehr; sie fragt nun nur noch das, worauf sie die großen Antworten bekommt, die ihr schon ihr Leben lang ein Trost sind. Sie liebt mich, das steht fest, aber nach den Maßstäben ihres Alters. Sie grämt sich, weil ich kein gläubiger Mensch bin, und meine Unentschlossenheit (die sich etwa darin äußert, dass ich nun schon deutlich näher an den dreißig als an den zwanzig bin und noch nie eine richtige feste Arbeit gehabt, dass ich mein Studium verbummelt und bisher reichlich wenig im Leben erreicht habe) macht sie ungeduldig, weil sie diese Dinge nicht begreifen kann. Sie glaubt, ich hätte die Orientierung verloren. Wir müssen so fest stehen wie ein Haus auf seinem Fundament, erklärt sie mir, wir dürfen uns nicht treiben lassen wie ein Schiff. Für sie liegt das Leben in Gottes Hand, und Güte und harte Arbeit werden am Ende belohnt, Bosheit und Faulheit erhalten ihre gerechte Strafe. Sie ist ein schlechter Verlierer beim Kartenspiel – noch schlechter als ich –, und sie mogelt. Meine Großmutter liebt mich und ich liebe meine Großmutter – aber das heißt nicht, dass wir immer gut miteinander auskommen.)

bla–bla–bla–bla
bla–bla–bla–bla
bla–bla–bla–bla
bla–bla–bla–bla
bla–bla–bla–bla
bla–bla–bla–bla
bla–bla–bla–bla

(»Was ist das?«, fragte sie.

»Das wollte ich dich fragen«, antwortete ich.

»Ach je!«, rief sie, als sie genauer hinsah. Ihr Tonfall änderte sich. »Das alte Ding. Ich wusste ja gar nicht, dass wir das noch haben.« Sie fuhr mit der Hand darüber.)

bla–bla–bla–bla
bla–bla–bla–bla
bla–bla–bla–bla
bla–bla–bla–bla

(Ich sah mich in ihrer Höhle um. Ich will hier nur andeuten, dass das Haus meiner Großmutter mit Möbeln voll gestopft ist, ohne Rücksicht darauf, ob sie im Stil zueinander passen; dass sie weder von Geschirr noch Besteck noch Bettzeug noch Handtüchern einen vollständigen Satz besitzt, sondern immer nur das, was aus sechs Jahrzehnten Haushalt übrig geblieben ist; dass sie ein reiches Sortiment an Devotionalien ihr Eigen nennt (über der Haustür ein Kruzifix, Öldrucke von Jesus und der Jungfrau Maria an der Wand, an Andenkenständen gekaufte Andachtsbilder auf dem Kaminsims, ein Rosenkranz aus großen Holzperlen hängt an der Tür, gerahmte Fotografien des Papstes usw.); dass sie, nachdem die Kinder aus dem Haus waren, gern auf Reisen ging, von denen sie Krimskrams aus der ganzen Welt mitgebracht hat (eine Lampe mit einer Ouzoflasche als Fuß, pseudoantike griechische Vasen, Skulpturen in der Art der Köpfe von den Osterinseln, afrikanische Masken, eine Kuckucksuhr aus der Schweiz, eine große Pazifikmuschel, einen Vogelkäfig aus Tunesien, purpurrote Püppchen aus Russland, Chinaporzellan etc.); dass sie gern angelt und gern im Garten arbeitet und alles besitzt, was man an Gerätschaft dafür nur brauchen könnte – und noch viel, viel mehr. Kubikmeter. Ein riesiges Sammelsurium aus Krimskrams, Haushaltsdingen, Nippes. Meine Großmutter ist eine Art Midas: Alles, was sie berührt, wird unvergänglich. Hatte ich schon gesagt, dass das Haus winzig ist und sie auch ein Klavier hat?)

bla–bla–bla–bla
bla–bla–bla–bla
bla–bla–bla–bla

(Ich brachte die Maschine an den Tisch und stellte die Schuhe auf dem Fußboden ab.

»Was ist es denn nun?« fragte ich.

»Ein altes Gerät. Eine Spiegelmaschine.«

Dabei wies sie mit dem Kinn in Richtung Wohnzimmer, zu dem großen Spiegel über dem Kamin. Ich sah ihn an.)

bla–bla–bla–bla
bla–bla–bla–bla
bla–bla–bla–bla

(In dem reflektierenden Glas sah ich den krummen Rücken und die weißen Locken einer alten Frau und einen jungen Mann mit ernsthafter Miene.)

bla–bla–bla–bla
bla–bla–bla–bla

(»Eine Spiegelmaschine? Was ist das?«

»Eine Maschine, die Spiegel macht. So haben wir unsere Spiegel bekommen, als ich noch ein Mädchen war.«

Von so etwas hatte ich noch nie gehört. »Funktioniert sie noch?«

»Ich wüsste nicht, warum sie das nicht tun sollte. Lass mal sehen…«

Sie setzte sich und öffnete mit ihren arthritischen Fingern den Filzbeutel. Ich nahm neben ihr Platz. Sie holte eine graue Kunststoffflasche hervor. FLÜSSIGES SILBER stand in silbernen Lettern darauf. Sie schraubte den Deckel ab, stellte die Flasche auf den Kopf und hielt die Tülle an das für Silber bestimmte Loch an der Oberseite der Maschine. Als sie die Flasche drückte, zitterte sie, und ein dicker runder Tropfen fiel auf das Holz.)

bla–bla–bla–bla
bla–bla–bla–bla

(»Warte, ich mache es«, sagte ich.

Die Flasche war für ihre Größe bemerkenswert schwer. Ich betrachtete den Silbertropfen aus der Nähe. Ich stieß seine zähe Masse mit der Tülle an, drückte ein wenig und ließ dann los, so dass alter und neuer Tropfen zusammen in die Flasche zurückgesaugt wurden.)

bla–bla–bla–bla
bla–bla–bla–bla

(»Gut«, sagte meine Großmutter. »Silber ist teuer.«)

bla–bla–bla–bla
bla–bla–bla–bla

(Ich steckte die Tülle in das Loch und drückte dann auf die Flasche. Die Glasröhre füllte sich mit Silber. Ich ließ die Silbersäule aufsteigen. Als sie auf halber Höhe zwischen den Aufschriften MIN und MAX war, sagte meine Großmutter: »Das reicht.« Eine Sekunde lang drückte ich noch, dann hörte ich auf.)

bla–bla–bla–bla
bla–bla–bla–bla

(Als Nächstes holte sie aus dem Beutel ein wenig Sand und ein Fläschchen mit Öl hervor. Der Sand war in einem schwarz-gelb-weißen Pappkarton verpackt. Das Bild auf der Vorderseite zeigte einen Schwarzen am Strand. Er grinste breit, allem Anschein nach glücklich, dass er in einer Kolonie leben durfte, und trug pittoresk zerschlissene Kleider und einen Strohhut. NOVAKS FEINER WEISSER JAMAIKASAND stand über ihm an den Himmel geschrieben. Darunter war ein diffuses Wappen, mit verschnörkelten Buchstaben umgeben, »Hoflieferant Seiner Majestät für hochfeinen Weißen Sand«.)

bla–bla–bla–bla
bla–bla–bla–bla
bla–bla–bla–bla
bla–bla–bla–bla
bla–bla–bla–bla

(»Manche haben billigen Sand genommen, hier aus der Gegend«, sagte meine Großmutter. »Aber da werden die Spiegel trübe. Der beste Sand kommt aus der Karibik.«)

bla–bla–bla–bla
bla–bla–bla–bla
bla–bla–bla–bla

bla–bla–bla–bla
bla–bla–bla–bla
bla–bla–bla–bla

(Sie goss Sand zu der Klappe an der Rückseite hinein, ich ölte die Maschine an dem vorgesehenen Loch.)

bla–bla–bla–bla
bla–bla–bla–bla
bla–bla–bla–bla
bla–bla–bla–bla

(Meine Großmutter seufzte. »Es muss fünfzig Jahre her sein, seit ich diese Maschine zuletzt benutzt habe. Selbst zu meiner Zeit war sie schon alt und aus der Mode. Heute ist es soviel einfacher. Man geht einfach in den Laden und kauft einen fertigen Spiegel, und man bekommt sie in jeder gewünschten Größe.«

Sie hielt inne. Sie starrte vor sich hin. Ihre Lippen bebten.

»Ooooh, dein Großvater hat immer auf diese Maschine geschimpft. Dabei war er sonst so ein geduldiger Mann. Aber da wäre er am liebsten aufgesprungen und hätte auf der Stelle einen Spiegel gekauft. ›Das können wir uns nicht leisten‹, sagte ich dann immer. ›Dafür haben wir kein Geld. Die Maschine haben wir geschenkt bekommen, da können wir sie doch auch benutzen.‹ Er tobte. Dabei hatten wir wirklich nicht das Geld. Das war nun einmal so. Er hatte keinen Sinn für Geld. Oft hat er seine Patienten kostenlos behandelt, hat ihnen sogar die Pillen gekauft, die er ihnen verschrieb, wenn sie sie sich nicht selbst kaufen konnten. ›Geh, geh nach draußen, mach einen Spaziergang, lies ein Buch‹, sagte ich ihm. ›Ich mache das hier schon. Raus mit dir!‹ Aber er sah mich nur an mit seinen wunderschönen Augen. Dann kam er zurück auf seinen Platz neben mir, und wir machten zusammen weiter.«

Sie seufzte, und ihre Stimme zitterte.

»Die vielen Stunden, die wir geduldig vor dieser Maschine gesessen habe. Ich könnte sie nicht zählen.« Sie schluckte. Ihre Augen waren rot.)

bla–bla–bla–bla
bla–bla–bla–bla

(An jedem anderen Tag hätte ich mich von ihren nostalgischen Anwandlungen nicht abhalten lassen und längst gefragt, wie diese Apparatur funktionierte, aber an diesem Tage, ich weiß nicht warum, ließ ich sie auf ihre umständliche, anekdotische Art erzählen. Ich blickte noch einmal hinüber zum Spiegel über dem Kamin. Es war mir schon früher aufgefallen, dass er nicht ganz makellos war. Keiner ihrer Spiegel war makellos. Alle hatten Übergänge, an denen das Bild verzerrt war, unscharfe und blinde Stellen. Aber ich hatte diese Unvollkommenheiten dem Alter zugeschrieben, nicht der Art ihrer Entstehung.)

bla–bla–bla–bla
bla–bla–bla–bla

(Sie rieb sich das Gesicht mit beiden Händen. Sie sah die Maschine an. »Ich bin gespannt, ob sie noch läuft«, sagte sie leise.)

bla–bla–bla–bla
bla–bla–bla–bla
bla–bla–bla–bla

(Nun holte sie aus dem Beutel ein höchst kurioses Objekt. Es war ein Trichter. Wie ein Grammophontrichter, nur kleiner. Auf das schmale Ende steckte sie eine kurze, schimmernde Messingröhre, mit einem Gewinde auf der Unterseite. Das andere Ende öffnete sich nach außen hin, der Rand geformt wie die Blütenblätter einer Blume.

Man hätte wohl erwarten sollen, dass er aus Kunststoff war. Aber er bestand, empörend in unseren Zeiten, aus Elfenbein, cremeweiß, kühl, mit feinen schwazen Adern. Auf der Außenseite trug er feine, verschnörkelte Verzierungen, auf der Innenseit lief eine Spirale ins Innere hinein. Meine Großmutter zog den Korkstopfen von dem dritten Loch oben auf der Maschine und schraubte den Trichter hinein. Er ließ sich in alle Richtungen drehen.)

bla–bla–bla–bla
bla–bla–bla–bla
bla–bla–bla–bla

(Damit war die Maschine vollständig präpariert. Sie sah altmodisch aus, eigentümlich und schön.)

bla–bla–bla–bla
bla–bla–bla–bla
bla–bla–bla–bla

(Gerade als ich fragen wollte, wie der Apparat denn nun funktionierte, seufzte meine Großmutter.)

bla–bla–bla–bla
bla–bla–bla–bla
bla–bla–bla–bla
bla–bla–bla–bla

(»Was war er für ein guter Mann. Jeden Tag neu danke ich meinem Schöpfer, dass er mir diesen Mann geschickt hatte. Nach zweiundzwanzig Jahren Glückseligkeit nahm er ihn mir, aber selbst wenn ich noch zehnmal diese Qual erleiden müsste, wären die zweiundzwanzig Jahre es wert.«)

bla–bla–bla–bla
bla–bla–bla–bla
bla–bla–bla–bla
bla–bla–bla–bla
bla–bla–bla–bla

(Das war nicht das erste Mal, dass ich von meinem Großvater hörte. Er war lange vor meiner Zeit an Bauchspeicheldrüsenkrebs gestorben, und soweit ich überhaupt zurückdenken konnte, war er mir als leuchtendes Vorbild hingehalten worden, als die Güte in Person. Er war ein freundlicher, rücksichtsvoller Mann, ein treu sorgender Gatte, ein guter Vater, ein hervorragender Arzt, ein Mann von Geist und Bildung, ein Naturfreund; er war klug, rücksichtsvoll, großzügig, empfindsam, solide, vernünftig, diskret, besonnen, gleichmütig, nüchtern, bescheiden, beharrlich, besinnlich; die kleinen Sünden des Alltags kannte er nicht, Dinge wie Neid, Trägheit, Lüge, Trunksucht, Laster, Säumigkeit; nie war er ärgerlich, herrisch, launisch oder grob; und magische blaue Augen hatte er gehabt – all seine Güte leuchtete aus ihnen –, von denen die meinen nur ein blasser, verwässerter Abglanz waren.)

bla–bla–bla–bla
bla–bla–bla–bla

(Für mich existiert er nur in Schwarzweißfotografien, und bei keiner dieser Zuschreibungen kann ich sagen, ob sie zu Recht bestehen, nicht einmal bei der Augenfarbe. Ich sehe einen kleinen, ein wenig rundlichen Mann mit Stirnglatze und ovalem Gesicht. Er trägt ein Bärtchen. Er ist weder gut aussehend noch hässlich. Alles, was über das Äußere hinausgeht, bleibt ein Geheimnis. Oft habe ich versucht, aus diesen Bildern eine Persönlichkeit herauszulesen, mir den Mann jenseits dieser festgehaltenen Augenblicke vorzustellen. Freundlich sieht er aus, das auf alle Fälle; vielleicht ein Mann mit wenig Ehrgeiz, vollauf zufrieden mit dem Leben, das er stillvergnügt mit seiner Familie führte. Schüchtern. Mit leiser Stimme, würde ich vermuten.)

bla–bla–bla–bla
bla–bla–bla–bla

(»Also, wie funktioniert sie?«, nützte ich eine Pause.

»Mit Erinnerungen.«

»Wie bitte?«

»Erinnerungen treiben sie an. Erzählungen, Berichte, Memoiren. Die Vergangenheit.«

In einem Anflug von Koketterie zupfte sie mit den Fingern ihr Haar zurecht. Sie räusperte sich.)

bla–bla–bla–bla
bla–bla–bla–bla

(Erinnerungen?)

bla–bla–bla–bla
bla–bla–bla–bla
bla–bla–bla–bla
bla–bla–bla–bla
bla–bla–bla–bla
bla–bla–bla–bla
bla–bla–bla–bla

(Sie ging ganz nahe an den Trichter heran. »Ich«, sagte sie mit klarer Stimme, »erinnere mich…«)

bla–bla–bla–bla
bla–bla–bla–bla
bla–bla–bla–bla

(Ein scharfes Klicken. Danach ein höchst seltsames, leises Geräusch, etwas wie das Anlaufen einer winzigen Lokomotive. Und eindeutig aus dem Inneren des Kastens.)

bla–bla–bla–bla
bla–bla–bla–bla
bla–bla–bla–bla

(»Sie funktioniert noch!«, rief sie und hielt sich die Hände vor den Mund. »Meine Güte, meine Güte.«)

bla–bla–bla–bla
bla–bla–bla–bla

(Dann fing sie an.)

bla–bla–bla–bla
bla–bla–bla–bla
bla–bla–bla–bla
bla–bla–bla–bla
bla–bla–bla–bla
bla–bla–bla–bla
bla–bla–bla–bla
bla–bla–bla–bla
bla–bla–bla–bla
bla–bla–bla–bla

(»Ich weiß noch genau, wie ich meinen Mann kennen gelernt habe. Meinen lieben, lieben Mann. Im Sommer 1928 war das. Ich war sechzehn und trug ein weißes Kleid. Ich hatte auch einen Strohhut auf, aber er war zu klein und der Wind blies ihn mir immer vom Kopf. Das war in ... «)

bla–bla–bla–bla
bla–bla–bla–bla
bla–bla–bla–bla

und er sich dann wieder auf den Heimweg nach Levis machte, fragte er, ob er mir schreiben dürfe und ob ich antworten würde. Ich habe seine Briefe alle aufgehoben. Siebenunddreißig in ungefähr fünf Wochen. Im siebenunddreißigsten schreibt er mir, dass er komme und um meine Hand anhalten wolle. Er hatte sich einen nagelneuen Anzug gekauft, speziell für diesen Tag, und das Auto hatte er gewaschen und poliert. Er hatte Pater Bouillon mitgebracht, zur moralischen Unterstützung und damit er meinen Eltern seinen guten Leumund bezeugte. Es war ein Samstag Anfang September. Wir hatten einen Treffpunkt an der Kirche abgemacht. Ich sah den Wagen näher kommen. Wir waren beide furchtbar nervös. Pater Bouillon machte einen kleinen Spaziergang, und mein Mann, ein Mann von dreißig Jahren, aber genauso schüchtern wie ich, machte mir seinen Antrag. Er wollte mich küssen – und ich hätte ihn nicht gehindert –, aber genau in dem Augenblick kamen Leute vorbei. Ich lief den ganzen Weg nach Hause. Es gehörte sich, dass man eine gewisse Zeit verstreichen ließ, und ich saß auf meinem Bett und versuchte in einem Buch zu lesen, doch ich las keine Zeile, überglücklich, wie ich war, und das Ja! Ja! Ja! jubelte in meinem Herzen. Um Punkt vier Uhr erschien er, mein stolzer Ritter, und Pater Bouillon, der in Briefen an meine Eltern immer wieder in höchsten Tönen von dem befreundeten Arzt geschwärmt hatte, war entschieden zu redselig für einen Priester und alles war wunderbar. Im nächsten Frühjahr wurde ich siebzehn und die Ehefrau eines Doktors, und ein halbes Jahr darauf machte er

mich zur Frau. Denn sechs Monate lang rührte er mich nicht an, so rücksichtsvoll war er, so ein zartfühlender, sanfter Mann. Was hatte ich für ein Glück, was war er für ein Segen für mich. Ich hätte keinen besseren finden können. Noch heute danke ich dem Schöpfer Tag für Tag für Sein Geschenk. Viele Männer haben mir Anträge gemacht, seit er nicht mehr bei uns ist, aber keiner hätte meinen Liebsten ersetzen können, kein Mann auf der Welt. Gott, was habe, was *habe* ich gelitten!«

Sie weint.

(Ich hatte erwartet, dass die Maschine bei dieser Unterbrechung anhielte oder langsamer würde, aber ganz im Gegenteil legte sie mit einem Klacken sogar noch an Tempo zu.)

»Als er im Sterben lag, sagte er zu mir: ›Wenigstens gehe ich in der Gewissheit, dass unsere Kinder eine gute

Mutter haben.‹ Ich habe mich geschunden bis aufs Blut, um sie so aufzuziehen, dass ihr Vater stolz auf sie gewesen wäre. Es war weiß Gott nicht leicht. Eine Witwe mit vier Kindern, in den Zeiten damals. Aber ich bin durchgekommen. Ich habe getan, was ich tun musste. Und wie stolz wäre ihr Vater auf sie! Sie sind gute Kinder. Auch sie haben ihre Opfer bringen müssen. Aber ihr Vater war ihnen immer ein

bla–bla–bla–bla
bla–bla–bla–bla
bla–bla–bla–bla
bla–bla–bla–bla
bla–bla–bla–bla
bla–bla–bla–bla
bla–bla–bla–bla
bla–bla–bla–bla
bla–bla–bla–bla
bla–bla–bla–bla
bla–bla–bla–bla
bla–bla–bla–bla
bla–bla–bla–bla
bla–bla–bla–bla
bla–bla–bla–bla
bla–bla–bla–bla
bla–bla–bla–bla

Was für eine Frau.

bla–bla–bla–bla
bla–bla–bla–bla
bla–bla–bla–bla
bla–bla–bla–bla
bla–bla–bla–bla
bla–bla–bla–bla
bla–bla–bla–bla
bla–bla–bla–bla
bla–bla–bla–bla
bla–bla–bla–bla
bla–bla–bla–bla
bla–bla–bla–bla
bla–bla–bla–bla
bla–bla–bla–bla
bla–bla–bla–bla
bla–bla–bla–bla
bla–bla–bla–bla
bla–bla–bla–bla
bla–bla–bla–bla
bla–bla–bla–bla
bla–bla–bla–bla
du wohl so lieb sein,
mein Junge?«

Weiches, weißes, runzliges Gesicht. Grüne Augen, jetzt allerdings gerötet. Ein Gesicht so vertraut, dass es einen zur Verzweiflung bringen könnte, ein Gesicht, das ich kenne, soweit ich überhaupt zurückdenken kann. Ein Schmollen, ein tadelnder Blick, ein zorniges Funkeln, das sich nie mit Worten beschreiben ließe, das aber jeder in unserer Familie nur zu gut kennt. Eine Frau, die von Anfang an zu meinem Leben gehört.

Aber nun wohl nicht mehr für lange Zeit.

Und was bleibt dann von ihr?

Ihre Sachen. Diese Berge von Müll. Was hasse ich alle diese – hm?

»Bitte?«

»Bist du taub? Ich habe gesagt, kannst du mir bitte die Fotoalben holen?«

»Sofort.«

(Sie stehen in einem Bücherschrank neben dem Klavier. Bände um Bände. Die ältesten haben Holzdeckel und sind mit Kordel gebunden, die Blätter aus weichem, dickem schwarzen Papier; die anderen sind im heutigen Stil, mit selbstklebenden Seiten und Kunststoffeinband. Ich brachte ihr fünf Bände.)

»Danke. Lass mal sehen . . .
Hier ist es. Das hier ist dein
bla–bla–bla–bla
bla–bla–bla–bla
bla–bla–bla–bla

(Bilder des großen Unbekannten. Ein Porträt vom Abschluss an der medizinischen Fakultät.)

bla–bla–bla–bla
bla–bla–bla–bla
bla–bla–bla–bla
bla–bla–bla–bla

Was hasse ich diesen ganzen Müll. Ich bekomme Beklemmungen davon.

(Am Esstisch in diesem Haus hier. Er blickt in die Kamera.)

bla–bla–bla–bla
bla–bla–bla–bla
bla–bla–bla–bla
bla–bla–bla–bla

Nur ein kleiner Kurzschluss, und alles wäre erledigt.

(Auf einem Waldweg, einen Spazierstock in der Rechten.)

bla–bla–bla–bla
bla–bla–bla–bla
bla–bla–bla–bla
bla–bla–bla–bla

Ein Feuerchen, wenn sie aus dem Haus ist, das ist das beste Aufräumen.

(Am Felsufer des Sankt-Lorenz-Stroms, der Wind bläst ihm das Haar in die Stirn.)

bla–bla–bla–bla
bla–bla–bla–bla
bla–bla–bla–bla
bla–bla–bla–bla

Ich will jedenfalls nicht so enden.

(Am Heck eines Ruderbootes. Eine junge Frau, meine Großmutter, am Bug.)

bla–bla–bla–bla
bla–bla–bla–bla
bla–bla–bla–bla
bla–bla–bla–bla
bla–bla–bla–bla

Glück ist keine Frage der Güter, die man anhäuft. Glück ist kein Industrieprodukt.

(In einem Gartenstuhl, die Arme um zwei seiner Jungen gelegt, einer davon mein Vater, ein siebenjähriges Kind.)

bla–bla–bla–bla
bla–bla–bla–bla
bla–bla–bla–bla
bla–bla–bla–bla
bla–bla–bla–bla

Ich werde nie mein Leben durch Dinge definieren. Dinge bedeuten mir nicht das Geringste.

(Mit allen Kindern, aufgenommen vor einem Zelt.)

bla–bla–bla–bla
bla–bla–bla–bla
bla–bla–bla–bla
bla–bla–bla–bla

Schöne Dinge gehören ins Museum. Oder in die Natur.

(In lichtdurchfluteter Schneelandschaft, zusammen mit meiner strahlenden Großmutter.)

bla–bla–bla–bla	
bla–bla–bla–bla	Wenn ich etwas möbliere, dann
bla–bla–bla–bla	meinen Kopf und nicht den Ort,
bla–bla–bla–bla	an dem ich lebe. Die schönsten
bla–bla–bla–bla	Räume, in die ich gekommen bin,
bla–bla–bla–bla	waren leere Räume.
bla–bla–bla–bla	

(Eine Porträt, bei dem er direkt in die Kamera blickt, entstanden einige Wochen vor seinem Tod.)

bla–bla–bla–bla	
bla–bla–bla–bla	Lagerhäuser, erfüllt von Licht und
bla–bla–bla–bla	Staub. Leere Dachstühle mit Blick
bla–bla–bla–bla	in die Ferne.
bla–bla–bla–bla	Küsten.
bla–bla–bla–bla	Prärien.
bla–bla–bla–bla	
bla–bla–bla–bla	

(Zurückgelehnt in einem Sessel, eine Decke über dem Schoß, schlafend; der Anfang seiner Krankheit?)

bla–bla–bla–bla	
bla–bla–bla–bla	All die Orte, an denen mir meine
bla–bla–bla–bla	Möglichkeiten, das Potenzial, das
bla–bla–bla–bla	in mir steckt, am besten zu
bla–bla–bla–bla	Bewusstsein gekommen sind.

(Auf einer Bank, den Blick abgewandt.)

bla–bla–bla–bla
bla–bla–bla–bla
bla–bla–bla–bla
bla–bla–bla–bla
bla–bla–bla–bla

»Selig sind, die da am Geiste arm sind.« In der Tat. Aber selig im Geiste sind die, die materiell arm sind.

(Gruppenbild, Zweiter von links.)

bla–bla–bla–bla
bla–bla–bla–bla
bla–bla–bla–bla
bla–bla–bla–bla
bla–bla–bla–bla
bla–bla–bla–bla
bla–bla–bla–bla
bla–bla–bla–bla

Eigentum versklavt. Ich will nur der pure Mensch sein, nichts weiter.

(Ganzporträt, stehend, Blick in die Kamera, Hintergrund verschwommen, Hände in den Jackentaschen, nur die Daumen schauen heraus.)

bla–bla–bla–bla
bla–bla–bla–bla
Und dann starb er. Ach,
das bricht mir das Herz.«

Jetzt weint sie wieder.

(Auf vollen Touren, schüttelt sich vor Energie.)

»Lieber Gott, warum? Von allen Menschen auf dieser Erde ausgerechnet mein Liebster? Ich will ja nicht an deiner Weisheit zweifeln, o Herr, aber warum musste es mein Liebster sein? Ich habe diesen Mann von ganzem Herzen geliebt. Zweiundzwanzig Jahre lang war ich glücklich mit ihm. Zweiundzwanzig Jahre war es ein Vergnügen, wenn ich abends zu Bett ging, und ein Vergnügen, wenn ich morgens aufwachte, es war ein Vergnügen, wenn ich am Tag meiner Arbeit nachging. Und dann das Ende, dieses unvorstellbare Ende. Wie konnte ich das überleben? Ich habe es nicht überlebt. Ein Teil von mir starb an jenem Tag und ist nie wieder zum Leben erwacht. Bis ans Ende meiner Tage werde ich
bla–bla–bla–bla
bla–bla–bla–bla
bla–bla–bla–bla
bla–bla–bla–bla
bla–bla–bla–bla
bla–bla–bla–bla

bla–bla–bla–bla
bla–bla–bla–bla
bla–bla–bla–bla
bla–bla–bla–bla
bla–bla–bla–bla
bla–bla–bla–bla
bla–bla–bla–bla
bla–bla–bla–bla
bla–bla–bla–bla
bla–bla–bla–bla
bla–bla–bla–bla
bla–bla–bla–bla
bla–bla–bla–bla
bla–bla–bla–bla
bla–bla–bla–bla
bla–bla–bla–bla
bla–bla–bla–bla
bla–bla–bla–bla
UND ENDE!«

Der pure Mensch, nichts weiter.

Hm?

(Ganz unvermittelt kam sie zum Schluss. Die letzten beiden Worte rief sie laut in den Trichter. Mit einem scharfen Klicken hielt die Maschine inne. Dann begann sie leise zu rauschen.

»Das ist alles?«, fragte ich.

»Das sollte reichen«, antwortete sie.

Es folgte ein hohes, kreischendes Geräusch. Nach ungefähr einer Minute hörte es auf. Dann hörte ich einen Laut, als ob sich etwas Metallenes drehte. Etwas schob sich zwischen den Samtlippen der Maschine heraus und landete mit einem Ploppen auf dem Tisch.

Ich erblickte einen kleinen, elliptischen Spiegel.

»Da haben wir ihn«, sagte meine Großmutter. Sie hob ihn in die Höhe und betrachtete ihn zufrieden. »Gut. Keine blinden Stellen.

Manchmal gibt es bei den größeren Spiegeln blinde Stellen, gerade an den Rändern. Man muss entsetzlich lange reden, und die Teile passen nicht immer genau zusammen. Aber bei Taschenspiegeln leistet sie gute Arbeit.«

Ich nahm den Spiegel in die Hand. Er war noch ganz warm. Die Rückseite war bleigrau. Ich betrachtete mein Spiegelbild.

Etwas fiel mir auf. Ich sah näher hin, hielt den Spiegel schräg ans Licht.

»Das geht noch weg«, sagte sie. »Sobald der Spiegel ganz trocken ist.«

Sie meinte die Druckzeilen. Die silberne Oberfläche des Spiegels bestand aus unzähligen übereinander gedruckten Buchstaben, die Zeilen exakt im rechten Winkel zueinander.)

(Inzwischen bin ich so eine Art Experte auf diesem Gebiet. Meistens gibt es zwei Stellen bei alten Spiegeln, an denen sich mit Hilfe eines Vergrößerungsglases die Druckzeilen erkennen lassen: Ganz am Rande, wo die Silberschicht am dünnsten ist, und besonders an blinden Flecken, wo die Oxydation manchmal die Buchstaben wieder zum Vorschein bringt. Zweimal konnte ich sogar Wörter entziffern. Das erste Mal in einem New Yorker Antiquitätenladen. Ich konnte dem Händler sagen, dass ein einfacher, doch hübscher alter Handspiegel einmal jemandem gehört hatte, der Deutsch gesprochen hatte. Mitten in einem Fleck hatte ich die beiden Worte *ganz allein* ausfindig gemacht. Das zweite Mal war bei einem späteren Besuch bei meiner Großmutter. Am Rande ihres Schlafzimmerspiegels entzifferte ich die Silben *ortneuf*. Ich hatte keine Ahnung, zu welchem Wort sie gehören konnten, und fragte sie schließlich. »St.-Raymond-de-Portneuf«, antwortete sie. So erfuhr ich, wo mein Großvater zur Welt gekommen war.

Neuere Spiegel sind uninteressant. Sie sind Industrieprodukte, glatt und makellos klar. In ihnen gibt es nichts zu lesen.)

(Eine Animistin am Ende des zwanzigsten Jahrhunderts – genau das war sie gewesen. Jedes einzelne Stück in ihrem Haus hatte eine Seele, die ihr von jemandem oder etwas aus ihrem langen Leben erzählte. Ihre Besitztümer waren die Bindeglieder, die Botschafter der Ewigkeit. Meine Großmutter lebte allein in ihrem Dorf am Südufer des Sankt-Lorenz-Stroms, aber im Grunde war ihr Häuschen eine ganze Stadt, eine Metropole der Geister.)

(Sie schenkte mir den Spiegel. Nach wie vor habe ich meine Schwierigkeiten mit Besitz – meine Wohnung ist kahl, ich habe nur wenige Kleider, kaum andere Sachen –, aber dieser Taschenspiegel ist ein Stück, das mir lieb ist. Ich hole ihn oft hervor und blicke hinein und versuche mir all die Worte vorzustellen, die ich in meiner Dummheit nicht gehört hatte.)

Inhalt